Édition : BoD – Books on Demand, info@bod.fr
Impression : BoD – Books on Demand,
In de Tarpen 42, Norderstedt (Allemagne)
Impression à la demande
ISBN : 978-2-3221-0172-6
Dépôt légal : Avril 2023

Copyright © 2022 Mario Pereira

Une Mort Pas comme Les Autres

Tous droits réservés.

Une Mort Pas Comme Les Autres

Mario Pereira

UN
DIEU MERCI

Pensez-vous avoir une mauvaise vie ? Attendez donc que je vous raconte mon histoire.

Mon nom est Tela. Si l'on compte mon âge dans votre monde, j'aurai sûrement quelques centaines d'années. À la suite de la mort tragique et inexpliquée de mon professeur, j'ai dû reprendre son travail. Ce n'est pas réellement ce que j'espérais.
Tout a commencé quand j'étais une jeune femme d'une vingtaine d'années, d'une taille moyenne, de très longs cheveux

noirs, j'étais pleine d'adresse, de joie, de bonne humeur et surtout en vie. Jusqu'à ce qu'une maladie m'emporte dans le monde que les gens normaux appellent plus communément « le ciel ». Lorsque j'ai atterri là-haut, je ne ressentais plus ni douleur ni tristesse. Je me sentais flottée et remplie d'énergie. Un vieil homme est venu me voir pour me parler d'un job qui consistait à apprendre le métier d'Ange de la mort pour enfin prendre sa place.

Au départ, je ne le croyais pas, jusqu'à lui rire au nez. Je pensais que c'était un rêve et que j'allais me réveiller très vite. Malgré moi, il m'offrit le titre d'Ange. Je me sentais beaucoup plus puissante qu'avant. Cependant, il ne faut pas écouter tout ce que l'on raconte. À vrai dire, j'attends toujours mes ailes. J'imagine que c'est un mensonge que les humains inventent pour nous donner un air plus majestueux. Mais je m'égare.

J'ai donc appris auprès de la mort toutes les tâches que je devais accomplir. J'ai vu passer beaucoup de vies entre mes mains. Les débuts étaient très difficiles quand on voit que certaines personnes étaient des amis proches ou même des inconnus.

Cela fait plusieurs dizaines d'années maintenant que je suis à la place de mon instituteur qui a été contraint de prendre une ''retraite'' prématurée. Cela dit, le métier de faucheuse est très long et très redondant. Je choisis de changer de monde pour un endroit que les hommes ne connaissent que dans les livres ou les films, sous le nom d'univers fantastique et mythologique, pour écraser cette routine et pouvoir enfin m'épanouir complètement dans ce métier qui, à mon sens, est horrible.

Je pars donc voir Dieu à la cité des anges ou le Paradis pour faire plus simple, pour signer ma mutation. Mais pour lui parler, c'est comme s'il fallait prendre un rendez-vous quatre mois à l'avance pour ne pas avoir une file d'attente de plusieurs heures. Cependant, j'ai complètement oublié de réserver !
La salle n'est pas très grande, des pavés

lisses recouvrent tout le sol et des murs blancs nous entourent avec deux portes, une à l'entrée et une à la sortie.

Je me mets dans le cortège. Elle semble bien plus longue que d'habitude. Des pancartes au plafond m'indiquent le nombre de jours à attendre avant de pouvoir enfin lui parler. Celle qui est juste au-dessus de moi me signale :

Jours de la semaine : 2 heures,

Dimanche : 5 heures

Comme si ce n'était pas déjà assez long, pour un dimanche. C'est vrai que Dieu travaille énormément... Que font tous ces gens le dernier jour de la semaine ? Ils n'ont que ça à faire ? Ils ne peuvent pas rester chez eux comme tout le monde ?

Quand je parviens à la pancarte qui m'indique qu'il ne me manque plus qu'une heure, je ressemble plus que jamais à la mort. J'en ai marre. Heureusement que le monsieur derrière moi s'ennuie aussi pour faire des pierre, feuille, ciseaux. Croyez-moi, quatre heures de jeu, à la fin, on ne veut même plus en entendre parler.

J'arrive enfin à la fin de la queue ! Et vous savez quoi ? Je tourne la tête à ma droite, il y a une autre file avec qu'une seule personne. Une nouvelle pancarte est affichée à côté d'elle où il est inscrit :

File du personnel

Priorité aux anges et à la mort

Comment vous dire ? À ce moment-là, j'ai envie de pleurer ! Quand c'est enfin mon tour, j'ouvre la porte de son bureau. Il est affalé sur son siège, comme si le monde allait lui tomber dessus. Il porte un vieux T-shirt de pyjama noir avec une tasse blanche, où il est marqué en rouge « on est dimanche, je le ferai demain », un jogging grisâtre, des claquettes et une barbe de trois jours. Sa tignasse est en bataille. Pour la petite anecdote, au début, il avait les cheveux longs. Mais quand il jouait à la pétanque avec les anges, sa chevelure bloquait sa vision. Depuis, il a décidé de se les couper.

Je réfléchis comment, j'allais lui annoncer ma mutation pour changer de monde. Je lui explique mes motivations, il me répond par un acquiescement et seulement un ''ok'', dieu me tend une lettre, à l'intérieur, se trouve un document d'inscription pour une école appelée Elysium, mon nom est écrit dessus. En fouillant un peu plus dans cette fameuse lettre, je découvre un coupon qui ressemble étrangement à un ticket de métro, il est inscrit Heimdall Express en son centre.
Dieu me précise alors qu'il suffit de le déchirer pour pouvoir l'utiliser, je lui dis au revoir et coupe le papier en deux.
Heureusement que je ne suis pas épileptique hein ! Quelle idée de mettre une route arc-en-ciel gigantesque comme moyen de transport ! Mais j'arrive quand même à bon port.
Je me trouve dorénavant devant un immense château avec un panneau marqué ''École Elysium'', notre monde est toutefois très différent de celui-ci, tout est beaucoup plus sombre, une brume violette flotte autour de l'école.
J'entre et me dirige dans le premier bureau

qui semble être l'accueil, un écriteau est fixé au-dessus de la porte :

    Administration : Némésis

DEUX
DIFFICILE DE S'INTEGRER

J'entre sans frapper.

Une jeune femme est assise devant un bureau, elle me lance un regard féroce comme pour me dire de taper pour rentrer. Je retourne à l'extérieur de la pièce et ferme la porte, je ne veux tout simplement pas l'énerver, on ne sait pas ce qu'elle pourrait me faire. Je prends une grande inspiration et toque, une voix douce m'annonce de rentrer, je me demande si c'est réellement cette dame qui m'a parlé, je lui explique donc pourquoi je suis venue la déranger.

Elle se lève pour s'emparer de mon dossier d'inscription, elle porte une longue robe rouge où des cheveux raides noirs descendent jusqu'au bas de son dos.

Elle me donne un emploi du temps totalement banal comme on peut voir dans n'importe quelle école, je sors et m'empresse d'aller dans la salle de classe... Heureusement pour moi j'arrive avant le début du cours.

La pièce est bondée, je cherche alors une chaise isolée... Oui, je suis une fille qui n'aime pas être accompagnée.

Le professeur se présente sous le nom de Thanatos. Il est connu pour être le dieu de la mort de la mythologie grec, il nous raconte tout ce qu'il y a à savoir sur ce qu'on allait faire et apprendre durant l'année, qu'une seule personne pourra prendre la place de l'assistant du dieu qui a succombé récemment. Je me demande comment l'adjoint du dieu de la mort peut décéder, Thanatos nous précise que nous ne sommes pas les seuls à vouloir les âmes d'humains tombés au combat. Il ajoute qu'il continuera d'expliquer les risques de cette profession au digne successeur.

Pour obtenir cet examen, notre but est de s'occuper du plus gros nombre d'âmes possible au cours de l'année, le titre de grand assistant sera remporté par le meilleur récolteur.

Mais avant ça, nous recevons tous un livret d'accueil afin de nous intégrer au sein de ce nouveau métier, nous devons faire une dizaine de stages au cours de l'année, pour le premier, l'endroit sera imposé.

Pour ma part, je dois aller vivre une journée en compagnie de Charon, le passeur des enfers, j'ai déjà entendu pas mal d'histoire à son sujet à l'époque de mon vivant, cela risque d'être intéressant et enrichissant.

Les jours passent, je me suis tranquillement installée dans ma nouvelle chambre dans un dortoir de l'école, ma décoration est basique, un vieux parquet au sol, de poussiéreux mobiliers, un bureau, une chaise où je n'ose même pas m'assoir dessus, une armoire, un lit et une douche de fortune au coin de la pièce.

Je n'ai toujours pas de nouveaux amis, je suis éternellement insociable…
Oui, c'est mon tempérament, je n'y peux rien, allez travailler en solitaire pendant huit décennies et l'on en reparle après !

C'est aujourd'hui, mon premier jour avec Charon débute dans quelques heures, Thanatos nous donne ses dernières consignes avant de nous laisser disposer, sachant que je suis la seule nouvelle dans ce monde, il me fournit un plan et un planning pour les trajets de bus… Soit il voulait juste me faire peur ou alors les dieux n'ont pas la capacité de pouvoir nous emmener là où on le souhaite, vive la crédibilité !
Je vais donc à la gare pour prendre le premier autobus en direction…
D'Hades Island.
Je lis le titre à deux fois pour être sûre de ne pas me tromper, une brochure est ac-

crochée au dos du plan, je l'enlève et regarde le tract de plus près, il est écrit Hades Park avec une adresse en lettre d'or « Avenue de Phlégéthon », je me demande alors, sur quoi suis-je encore tombée, les noms d'une multitude d'attractions descendent jusqu'en bas du papier, je range le planning et le « bus » s'arrête pour me laisser monter, c'est simplement une charrette avec deux places de fortune à l'arrière. Je crains de ne pas arriver au bon endroit et de me retrouver dans des lieux malfamés.

Le car me dépose quand même juste devant l'entrée, quand je parviens enfin sur la colline qui est censée me mener directement aux enfers, ce n'était pas du tout l'image que je me suis donnée à la base.

De grands spots lumineux éclairent les contours du passage, en fin de compte, je n'ai pas l'impression que mourir soit si horrible chez eux…

TROIS
MA JOURNEE EPUISANTE

Je prends alors le chemin qui s'engouffre dans la grotte, un long tunnel en pierre s'étale devant moi, des dalles s'illuminent de toutes les couleurs chaque fois que je fais un pas, je continue jusqu'à me retrouver face à une porte, où il est écrit en lettres lumineuses :

      Âmes uniquement

Tout à coup, la porte s'ouvre et un homme avec de longs cheveux sombres sortant d'un capuchon noir muni d'une lanterne s'approche de moi :

- Bonjour, mon nom est Charon, tu dois être Tela, n'est-ce pas ? Tu n'as pas l'air d'être une âme perdue, me dit le passeur avec un verre rempli d'un liquide rouge écarlate.

J'acquiesce simplement de la tête, il me laisse entrer, nous marchons sur un pont durant plusieurs minutes. Il fait si sombre que je ne vois quasiment rien... J'arrive juste à percevoir les piliers de la structure entourés d'une eau similaire au breuvage présent dans le gobelet de mon maître de stage. Charon se retourne et me regarde tout en avançant :

- Ça me fait plaisir de découvrir du monde, tu sais... Je ne suis plus trop habitué aux contacts humains, enfin bref... Mon travail consiste à faire passer les esprits de l'autre côté pour aller à Hades Island, généralement les gens à leur mort viennent à Hadès Park, le seul parc d'attractions pour les âmes damnées, ils se ruent tous pour être les premiers de la journée à se rendre dans l'attraction « Pousse-pousse la pierre »

Vraiment stupide comme nom... Nous grimpons dans sa barque flottant sur le fleuve, qui est un peu plus loin.

- Tu sais, même si je n'en ai pas l'air et que je suis très professionnel... Je ne souhaite à personne d'exercer ce boulot, c'est un travail d'esclave et je ne vois plus personne de vivant !

Au premier voyage pour Hadès Island, trois âmes montent à l'intérieur du bateau.

Soudain, Charon s'arrête au beau milieu du fleuve et commence à menacer les âmes de lui donner un pourboire au risque de faire couler la barque, il parle de pleins de mots que je ne comprends pas, le seul que j'arrive à retenir est « Styx », mais je me tais et je regarde le maître à l'œuvre, les âmes paniquent et déposent tout l'argent qu'ils ont sur le plancher, Charon récupère les pièces et continue son trajet. Quand nous atteignons le terminus, les défunts descendent suivis par le conducteur.

Charon reprend son verre, le plonge dans l'eau et commence à boire une gorgée, il s'assoit sur le sol, je le rejoins et lui demande :

- Qu'est-ce que vous voulez dire en parlant de « Styx » et pourquoi avez-vous menacé les passagers ?

- Ma chère dame, le Styx est le fleuve sur lequel nous naviguons, si quelqu'un tombe à l'eau, il a très peu de chance de s'en sortir, c'est pourquoi je menace les passagers. Depuis qu'Hadès a ouvert son parc d'attractions, mon salaire a nettement baissé, les fins de mois sont très difficiles… Sans parler de l'assurance de mon véhicule de travail que je dois payer… Donc pour montrer mon mécontentement, en plus de racketter les âmes, je fais une petite pause de quelques minutes entre chaque trajet, sans oublier les limitations de vitesse sur le Styx, alors que je suis le seul à naviguer dessus et j'en passe… me répond Charon agacé.

Charon me tend son verre pour que je goûte, au moment où je le touche, celui-ci fond instantanément. Il ricane et me dit que mon pouvoir n'est pas assez puissant pour contenir l'eau du fleuve, on retourne au travail.

Après quelques heures et avoir escroqué plusieurs âmes, nous revenons garer son bateau, Charon compte alors son argent durement gagné et me donne la moitié de son bénéfice pour me remercier de lui avoir tenu compagnie.

Je rentre à l'école pour me reposer de cette journée épuisante… Je rigole bien sûr, nous avons fait plus de pauses qu'autre chose !

Je n'ai pas du tout sommeil, je décide donc d'aller me promener pour explorer les lieux autour du bâtiment, une forêt gigantesque entoure l'école, la brume d'hier a disparu pour laisser un ciel éclairé de milliers d'étoiles. Je marche tout en levant les yeux, cela n'est pas très différent de mon ancien monde finalement, je trouve les nuits encore plus magnifiques dans celui-ci.

Je vois une ombre passer au-dessus de ma

tête, les feuilles des arbres autour commencent à s'affoler, une femme se trouve à quelques mètres devant moi, elle est accompagnée d'un cheval ailé, elle est équipée d'une lance et d'une armure en argent, ses cheveux roux ondulés tombent sur cette dernière.

Soudain, elle me fonce dessus en brandissant son javelot, je me sens alors pousser sur le côté, Thanatos se montre à côté de moi.

QUATRE
MA NOUVELLE INSTITUTRICE

Il me crie soudain :

- Tela, recule !

Je l'écoute et me décale sans un mot, il lui lance une attaque qui la fait disparaître. Je tombe à la renverse, choquée par ce qu'il venait de se passer.
Il se dresse devant moi :

- Tela ... Il ne faut plus jamais que tu te balades toute seule aux abords de la forêt, c'était une Valkyrie envoyée par Odin le dieu nordique en personne, elles n'ont pas pour habitude de trainer aussi près d'ici, me dit Thanatos

Je lui demande de répéter car je pensais qu'uniquement les divinités grecques existaient ici...

Il m'annonce par la même occasion :

- L'examen est terminé pour tout le monde, c'est beaucoup trop dangereux, si nous ne sommes même plus en sécurité ici. Je vais renvoyer les autres élèves chez eux et toi Tela tu restes avec nous, nous allons t'entrainer pour que tu sois prête à devenir mon assistante et je te préviens... ça ne sera pas de tout repos.

Malgré cela, j'accepte sa proposition... C'est quand même pour ça que je suis venue à la base.

Je retourne alors dans l'école, demain s'annonce être très compliqué.

La nuit fut assez agitée, avec le stress, je n'ai pas réussi à fermer un œil. Thanatos frappe à la porte de ma chambre pour me réveiller et m'annoncer que c'est le grand jour, j'enfile un jeans et un t-shirt en vitesse et ouvre la porte, il m'attend sur le palier, tranquillement assis.

Il se lève et affiche un sourire radieux :

- Alors bien dormis ? me dit-il.

- J'aurais bien aimé, en lui répondant froidement.

- J'imagine que tu stresses, mais ne t'inquiètes pas, ton institutrice n'est pas un monstre, s'exclame le dieu en rigolant.

Je ne sais pas si c'était du second degré ou non… Au cas où, je reste sur mes gardes, je n'ai pas confiance en ce monde-là, la dernière fois, je me suis retrouvée seule à seule avec une valkyrie envoyée par Odin…

Il commence à marcher dans les couloirs interminables, il s'arrête au niveau d'une pièce, il tourne la poignée et me laisse entrer la première.

C'est une salle de classe tout à fait ordinaire, une femme avec de longs cheveux blonds, un sweat à capuche gris, un jeans noir et des baskets, mais surtout des yeux d'un bleu très clair, se tient devant le tableau, Thanatos referme la porte :

- Voilà Tela, je te présente ta nouvelle institutrice.

Je la salue rapidement à cause du stress, elle me sourit :

- Bonjour Tela, mon nom est Athéna, en tant que déesse de la sagesse, je serai ta guide pour t'apprendre à vite comprendre ce monde et savoir t'en défendre, me dit la jeune femme d'une voix calme.

Cette femme a une voix tellement apaisante, que ma nervosité descend tout à coup.
Elle se tourne ensuite vers le dieu :

- Thanatos, tu lui as déjà un peu expliqué son boulot et les objectifs ?

- Je ne crois pas en avoir fait allusion, répond l'homme.

- Il est plus important qu'il n'y paraisse, tu devras aider Thanatos à récupérer des âmes de guerriers avant que les Valkyries puissent les emmener au Valhalla, ajoute Athéna.

- Le Valquoi ?

- Le Valhalla, le paradis des Nordiques, coupe Thanatos.

- C'est une grande question d'économie Tela, vois-tu, Hadès reste tranquille tant qu'on lui donne son quota d'âmes mensuel, pour faire marcher son parc d'attractions. On ne peut se permettre de nous mettre un dieu aussi puissant à dos, surtout avec la guerre qui est sur le point d'éclater... Mais ça, je t'en reparlerai plus tard, dit la déesse.

Thanatos sort de la salle et Athéna continue la discussion :

- Tu comprends maintenant que nous ne devons pas leur laisser d'âmes et pour cela, il faudra que tu deviennes forte pour la bataille qui nous opposera face aux Nordiques.

- Je crois avoir saisi, par quoi dois-je commencer ?

- Pour le moment, nous allons dans le jardin de l'école, finit Athéna

Nous sortons les deux, Athéna me propose un large choix dans un arsenal, étant

donné que je ne me suis jamais battue avec une arme, la décision est plutôt difficile, je choisis alors de prendre une épée, je pense que c'est la chose la plus simple à utiliser.
Elle commence un décompte.
Après dix secondes, elle se lance sur moi.
Ne m'étant jamais battue, j'adopte le réflexe de toutes les personnes ne sachant pas se battre, je ferme les yeux et essaye de me protéger…

CINQ
MON ENTRAINEMENT TOURNE AU DRAME

Elle me plante son épée dans l'épaule, cependant, je ne ressens aucune douleur, seuls un liquide et une fumée noire sortent de ma plaie, Athéna se recule et me regarde :

- Intéressant …, dit la déesse en s'approchant de moi.

- Intéressant ? C'est normal ce qui se passe ?

- Dis-moi, dans ton ancien monde, tu avais des compétences comme cela ? demande Athéna.

- Hormis le pouvoir de prendre des vies et de me déplacer rapidement, non …

Elle plonge son regard dans le mien, ses yeux bleus me paraissent gris au contact de la lumière :

- Je pense que tu as reçu de nouveaux pouvoirs en arrivant dans notre monde, il n'est sûrement pas assez développé pour que tu t'en rendes compte toute seule, mais sache qu'avec cette sorte de "magie" très obscure, tu peux obtenir une puissance inimaginable.

- Obscure vous dites ?

- Tu peux me tutoyer et oui, c'est une magie inconnue, tu ne verras pas une sorcellerie comme ça chez les dieux normaux, hormis Hadès et Thanatos, répond Athéna.

- Ah … C'est sympa …

Ce n'était pas écrit dans le contrat ça, on peut porter plainte contre publicité mensongère ici ?

- Après … Si tu crains trop ce pouvoir, tu peux arrêter maintenant, mais si c'est le cas, je serai contrainte de t'éloigner de tout le monde pour éviter de blesser quelqu'un par erreur, ajoute rapidement la déesse.

- Je ne suis pas venue ici pour abandonner une semaine après mon arrivée.

- J'aime ta répartie, cependant reste sur tes gardes, tu ne connais encore rien de ce monde. Maintenant que tu es prévenue, je vais t'expliquer concrètement comment tu es munie de ce pouvoir.

Je la regarde en me concentrant le plus possible pour ne rien louper parce que ne pas écouter le plus important, c'est ma spécialité.

- Pour faire simple, les pouvoirs que tu avais dans ton ancien monde refont surface.

- Peut-être que j'avais des pouvoirs, mais je ne pouvais pas faire ce que j'ai pu faire aujourd'hui.

- C'est plus complexe que ça Tela… En changeant de monde, tes capacités se sont modifiées jusqu'à en arriver là. Et crois-moi, tu peux encore améliorer ceci. Mais nous devons te préparer au plus vite.

Le vent commence à souffler de plus en plus fort, soudain une brèche violette s'ouvre juste en face de nous, une femme sort de celle-ci complètement ensanglantée laissant une flaque rouge qui grandit à vue d'œil, Athéna se jette sur elle :

- Némésis ! Tela ! va chercher Thanatos s'il te plaît !

Je cours à l'intérieur trouver Thanatos, je le retrouve dans sa salle de cours seul en train de dessiner des choses incompréhensibles au tableau, il me regarde :

- Tela… Tu m'as l'air en forme comparé à ce matin.

Ayant le souffle coupé, j'essaye quand même de lui expliquer la situation :
- Thanatos ! Athéna m'envoie vous chercher ! Némésis est revenue remplie de

sang !

Il frappe subitement sur le tableau à l'aide de ses deux poings, il donne l'impression de savoir quelque chose :

- Où est Némésis ?

- Dans le jardin de l'école, auprès d'Athéna

Il disparaît soudain, je reprends le chemin du jardin et je les retrouve les deux autour de la blessée, Thanatos survole ses plaies, il regarde Athéna :

- Il faut absolument qu'on l'emmène à l'infirmerie pour voir Hygie, dit le dieu.

J'interromps :

- Hygie ?

- La déesse de la santé, me répond Athéna sans me regarder.

Thanatos prend alors Némésis sur ses épaules et retourne au château, elle a l'air très mal-en-point.

En arrivant à l'infirmerie, une jeune femme blonde vêtue d'une blouse vert pomme et des feuilles dans les cheveux nous accueille, quand elle voit Némésis sur le dos du dieu, elle s'empresse de lui montrer le chemin pour allonger la déesse.

Elle demande à Athéna et moi de sortir, la laissant avec Thanatos à côté du corps inanimé de la déesse.

SIX
TOUT ME PARAIT PLUS CLAIR
...
OU PAS

Plusieurs heures passent, je suis toujours assise parterre à l'extérieur, accompagnée d'Athéna qui est appuyée contre le mur, les bras croisés. On échange quelques regards de temps en temps sans discussion.

Soudain Thanatos ouvre la porte et demande à Athéna d'entrer dans la pièce me laissant toute seule devant la porte, je commence à compter les carreaux du sol en attendant. Après la cent-cinquante-huitème dalle, Thanatos réouvre la porte et

m'invite à les rejoindre. Hygie m'accueille avec un large sourire comme si l'on se connaissait depuis toujours, elle se présente à moi comme étant la déesse de la santé, fille d'Asclépios, le dieu de la médecine, un homme brave selon elle, foudroyé par Zeus pour avoir ressuscité des morts et la nymphe Epione.
Némésis commence à bouger et à ouvrir un œil, Hygie se penche vers elle et l'aide à se lever délicatement, Thanatos s'approche d'elle :

- Tout va bien Némésis ? Tu te sens mieux ?

- Ou… oui, ça va…, répond la déesse en posant sa main sur son front.

- Vas-y doucement, tu n'es pas encore tout à fait rétabli, ajoute Hygie.

Je regarde Athéna et je vois qu'elle meurt d'envie tout comme moi de poser la question, elle s'avance vers son lit :

- Dis-moi, Némésis, que s'est-il passé ? Généralement, nos blessures ne sont pas si graves au retour d'une exploration.

Je la regarde avec des yeux ronds et je ne comprends absolument rien à ce qu'elle raconte, de quelle exploration parle-t-elle ? La déesse répond alors :

- De ce que je me souviens, il s'agit d'un homme avec de longs cheveux noirs, je n'arrivais pas à bien le percevoir, ma vue était totalement troublée, je pouvais juste ressentir de la peur et de la douleur.

- J'en étais sûr, réplique Thanatos.

Il se dirige vers la sortie quand Athéna s'interpose et lui bloque le passage :

- Laisse-moi passé Athéna si tu ne veux pas de problème, je dois lui régler son compte, une bonne fois pour toutes.

- Regarde-moi dans les yeux Thanatos, si au grand jamais tu franchis cette porte, c'est toi qui auras affaire à moi, donc tu vas gentiment retourner auprès de Némésis parce que c'est ici qu'elle a le plus besoin de nous, rétorque Athéna le regard remplis de colère.

Thanatos recule et reviens vers Athéna sans broncher, je savais qu'elle était puissante, mais au point de faire taire le dieu de la mort en personne… Je n'avais encore rien vu, cependant je ne comprends toujours rien à la situation.
Je n'ose pas demander et je baisse les yeux pour ne pas croiser le regard d'Athéna sous peine de me prendre une claque, je sens une main se poser sur mon épaule, la déesse est à côté de moi en me souriant :

 - Ne t'inquiète pas Tela, dans quelques minutes tout te semblera plus clair, me rassure Athéna.

- Je pense que maintenant que tu as commencé ton entraînement, tu peux enfin savoir ce qui se passe réellement ici, ajoute Thanatos.

- Depuis des années, nous sommes en conflit avec les Nordiques, mais quand je parle des Nordiques je veux bien parler des dieux et du royaume du Valhalla. Tout a débuté il y a environs un siècle quand notre cher Arès s'est amusé à créer un conflit comme à son habitude, mais en prenant pour prisonniers de guerre des Valkyries alors qu'elles n'avaient rien à voir dans l'histoire, Odin, qui est le roi du Valhalla les a réclamées plusieurs fois sans succès, notre dieu de la guerre prend son rôle très au sérieux et peut carrément en oublier l'essentiel de la cohabitation qui nous liait. Arès paraît ignoble quand on l'introduit comme ça, mais il est aussi très farceur, c'est un peu comme… un enfant qui s'amuse à faire des bagarres avec des jouets en plastique, soupire Athéna.

- Mais où est-il maintenant il faut absolument l'arrêter ! Il va finir par déclencher une guerre entre les deux clans !

- On ne peut jamais savoir où il se trouve, tu le sauras en regardant les news de demain quand tu verras en première page, rigole Hygie.

Je regarde Athéna, elle semble très perplexe, Thanatos qui l'a aussi remarqué lui demande :

- Athéna ? À quoi penses-tu ?

- Je réfléchis… Je pense qu'on n'aura pas le choix… nous devons absolument solliciter l'aide de Zeus si les choses venaient à s'envenimer, je sens qu'il va se passer quelque chose très bientôt. Tela, nous allons devoir t'entraîner rapidement pour aller en Olympe toutes les deux.

- C'est de la folie ! Tu sais très bien que les dieux de l'Olympe se fichent de cette histoire, c'est pour ça que ton père lui-même t'a exclue des leurs après avoir défendu Arès ! Tu vas encore t'abaisser à eux ? se révolte Thanatos.

- Nous devons faire abstraction du passé si nous voulons en sortir vainqueurs, affirme Athéna.

- Fais comme tu le souhaites…, conclut Thanatos.

Némésis toujours trop faible se rendort dans son lit, Athéna me donne rendez-vous dans une heure pour commencer mon entraînement, en sortant, ils choisissent de continuer leur discussion dans les couloirs pendant que je remonte dans ma chambre pour me préparer, je les entends alors bavarder, je m'arrête et écoute :

- Athéna, je te parle sérieusement, tu ne dois pas y retourner, tu sais très bien ce qu'ils t'ont fait en t'expulsant de l'Olympe et toi, tu veux encore y aller ?!

- Comme je te l'ai dit tout à l'heure, je dois enterrer le passé et me concentrer sur ce qui se passe maintenant, sinon nous serons tous perdus.

- Je ne comprends pas pourquoi tu te rabaisses à revenir te prosterner devant ces criminels !

- Je l'avais cherché... Je n'ai eu que ce que je méritais.

- Peut-être pour toi, mais elle, elle n'a rien demandé.

- Cesse de parler d'elle, tu ne crois pas que c'est assez dur de l'oublier sans que tu la remettes tout le temps dans nos discussions, toute ma vie, je m'en voudrais… Mais maintenant s'il te plaît, laisse-moi faire ce qui doit être fait…

J'entends Athéna monter les premières marches, je cours me réfugier dans ma chambre, je me pose plusieurs questions après avoir écouté leur dialogue, qui était cette fille au centre de ce débat.
Une fois préparée, je retrouve Athéna dans le jardin comme à mon premier entraînement, elle m'attendait déjà, elle m'affiche un sourire radieux :

- Tela, je t'ai donné rendez-vous ici pour parler un peu de tes pouvoirs que j'ai pu observer durant notre premier combat, je comprends que tout doit être confus pour toi en ce moment, c'est le temps de s'adapter à ce nouveau style de vie. Pour en revenir à tes pouvoirs, comme je te l'ai dit lors de notre premier combat, la magie que tu avais dans ton ancien monde s'est corrompue. Elle est devenue une entité nommée Lith.

- Si je comprends bien, Lith est la matière qui sort de mon corps au moment où je reçois des coupures ?

- C'est exact... C'est une entité très puissante qui peut régénérer ton corps pour refermer tes blessures, Lith peut te remodeler, il se peut qu'un jour, tu puisses la contrôler et pouvoir en faire ce que tu veux.

- Tu veux dire que je pourrais donner la forme que je souhaite à mon corps ?

- Je pense que ça agit sur beaucoup de facteurs, mais ce n'est que des suppositions ...

- Tu m'as parlé d'une entité tout à l'heure, cependant je ressens quand même de la douleur quand je me blesse.

- Lith est d'une manière infime reliée à ton système nerveux. En d'autres termes pour le moment elle a une volonté qui lui ai propre, mais aujourd'hui son seul but est de te soigner.

- Tout devient de plus en plus clair maintenant.

- Ce que je te propose, c'est de refaire un combat pour voir jusqu'où ton pouvoir peut s'étendre pour le moment... Prends une épée, c'est l'arme la plus pratique dont tu disposeras pour te battre.

Je prends une épée dans la caisse d'arme qui se trouve à côté d'Athéna, elle me fait un décompte comme la première fois et commence à m'attaquer une fois celui-ci tombé à zéro.
Au moment où elle m'attaque, je ressens une forte pression au niveau de l'arrière de mon bras et à l'instant où son épée s'abat sur moi, une fumée et un liquide noir apparaissent bloquant son coup. Athéna recule et la protection se retire et revient à la place de mon membre comme s'il ne s'était rien passé. Athéna réfléchit :

- Lith a aussi l'instinct de défense ... Je pense que c'est tout pour aujourd'hui, regardes ton bras, me dit la déesse en me pointant du doigt.

Je tourne le regard et vois qu'il me manque un bout à l'arrière de mon bras, la fumée et le liquide s'échappent toujours, cependant, je ne ressens aucune douleur pour une fois.

Athéna arrête notre entraînement ici pour lui laisser le temps de réfléchir à une solution dans le but d'améliorer Lith. Athéna s'étire :

- Je pense que pour toi, cette journée a dû être riche en émotions, tu ne vois pas ça tous les jours ! Je vais te laisser te reposer, prends juste cette liste avec toi.

Elle me tend une liste avec des noms écrits dessus.

- Ce sont des livres que tu devras emprunter à la bibliothèque pour t'informer un peu plus sur ce monde, sur les différents dieux grecs, mais aussi nordiques cela peut être utile pour plus tard.

- D'accord, je vais les chercher de ce pas.

- Passe une bonne soirée Tela, demain l'entraînement ne sera pas de tout repos, dit-elle en rigolant.

J'ai déjà envie de mourir, je rigole et lui fais un signe, je pars en direction de la bibliothèque pour aller chercher les manuels et je retourne dans ma chambre.

Je prends le premier qui vient et me couche sur mon lit, il parle des dieux grecs et des entités, je passe alors le chapitre un pour voir directement les entités. Je veux juste savoir si Lith est dedans, mais elle n'apparaît dans aucune ligne, une entité m'interpelle énormément, c'est Chaos qui est l'ancêtre de toutes les entités : Erebe, Nyx, Éros, Tartare et surtout Gaïa la déesse mère, mais aussi mère de beaucoup de créatures comme les six titans et les six titanides grâce à l'union entre elle et Ouranos, elle engendre aussi les cyclopes et les Hécatonchires, en toute honnêteté, j'aurais préféré ne jamais tomber sur une photo de ces créatures, donc pour en revenir sur ses fils il y a aussi la créature la plus terrifiante du monde connu sous le nom de Typhon, l'histoire raconte qu'a sa naissance le monstre atteignait l'Olympe en faisant fuir ses habitants ainsi que les dieux.

Après quelques minutes de lecture, je décide de fermer le livre et d'aller me coucher dans l'espoir que demain, j'aurais toutes les réponses aux questions que je me pose ...

SEPT
LITH

Aujourd'hui, je me réveille avec le même sentiment d'incompréhension que la veille, ma nuit fût assez agitée, je me suis posée des tas de questions qui restent encore sans réponse, ce qui a le don de m'énerver fortement.

Je m'habille rapidement pour ne pas être en retard, je mets des vêtements assez classiques, un jeans noir, un pull bordeaux et mes baskets noirs, je descends ensuite à la salle de banquet, ou la cantine, je préfère l'appeler comme ça, c'est moins long...

Je prends mon petit-déjeuner seule a une table comme d'habitude dans le brouhaha des autres élèves en train de discuter de tout et de rien. Je vois Athéna qui me regarde avec insistance, elle se lève et vient s'asseoir en face de moi :

 - Bonjour Tela, tu ne déjeunes pas avec les autres élèves ?

C'est leur dernier jour avant qu'ils ne rentrent chez eux, à cause de tous les problèmes qu'on a subi ces deux derniers jours.

- Bonjour Athéna, je déjeune toujours seule, je n'aime pas les gens et la foule, donc je préfère m'éloigner du monde.

- C'est ton choix... Pourtant, avec nous, tout se passe bien.

- Quelquefois ça m'arrive de ne pas aimer le monde qui m'entoure.

- On est privilégiés alors ... Je vais te laisser manger tranquille, n'oublies pas qu'on a notre entrainement ... Et aux faites, tu ne seras pas assistante de Thanatos, tu feras équipe avec moi, j'espère que tu n'en vois aucun inconvénient.

Elle se lève et me laisse manger seule, je lui fais signe en souriant.

Je sors de la cantine, continue mon chemin en direction du jardin où a lieu mon entrainement, me couche dans l'herbe encore fraîche du matin pour me reposer de cette nuit épouvantable et m'assoupis quelques minutes, je me fais réveiller par Athéna :

- Mauvaise nuit Tela ?

- Moins bonne que les autres.

- J'imagine... Ça doit être compliqué de tout assimiler aussi vite pour une personne qui n'est pas de notre monde... Surtout que la journée d'hier était très remplie.

- J'essaye de faire avec...

- Trop de questions, non ?

- Oui, c'est en majorité ça.

- C'est le début, ne t'inquiètes pas, tout se passera mieux avec le temps.

- J'espère ! Car je n'ai pas envie de repasser une nuit comme celle que j'ai passé hier.

- Je suis sûre que tout se passera mieux ! Sinon pour ton entrainement d'aujourd'hui, les premières minutes seront prises pour que tu essayes de créer un lien avec Lith, tu vas commencer par t'allonger calmement dans l'herbe et te détendre, me dit-elle en souriant.

Je m'exécute et je ferme les yeux pour me détendre le plus possible. Elle continue ses consignes :

- Maintenant, tu vas simplement te concentrer sur Lith et essayer de ressentir la connexion qui vous lie toutes les deux.

Je fais exactement ce qu'elle me dit pendant 10 minutes... 15 minutes... 20 minutes... 30 minutes... Rien ne se passe...

La voix d'Athéna bourdonne dans mes oreilles :

- Tu ne ressens rien du tout ?

- Absolument rien.

- Peut-être qu'il faudra utiliser un autre processus pour la faire apparaitre, réfléchie Athéna.

Elle me demande de me lever et de prendre une épée dans la caisse :

- Peut-être que si nous faisons un combat et que tu te concentres sur Lith quelque chose pourrait se passer...

Elle engage le combat, Lith me protège de nouveau, mais la suite ne se passe pas comme hier, je me retrouve alors dans le noir total, une flamme noire apparait de plus en plus en face de moi, je tente de l'approcher, mais je me fais repousser violemment en arrière, j'essaye une seconde fois toujours sans succès. Je ferme les yeux et me retrouve de nouveau devant Athéna. Paniquée, je lui demande où j'étais :

- Tu n'as pas bougé d'ici Tela, tu es rentrée dans une transe, que s'est-il passé là-bas ?

- Je ne sais pas trop, une flamme se présentait devant moi, mais quand je tentais de l'approcher, je me faisais directement rejetée.

- La flamme que tu as vue est probablement Lith, elle est sûrement effrayée ou méfiante...

- Mais comment je dois m'y prendre pour la mettre en confiance.

- Je n'ai pas réponse à tout et j'en ai réellement aucune idée, mais continuons le combat pour voir si nous pouvons en apprendre davantage.

Athéna repart à l'attaque et me donne un coup d'épée, je ressens une douleur beaucoup plus forte que d'habitude, je regarde mon épaule et un liquide rouge vif s'écoule de la plaie. Ma vue commence à se troubler et une flaque de sang s'agrandit de plus en plus à mes pieds ...
J'ouvre les yeux et je me retrouve une fois de plus dans le noir, la flamme apparaît encore de plus belle, mon épaule me fait terriblement mal, je n'ai absolument pas la force de bouger, je tombe sur les genoux en tenant la zone ensanglantée...

HUIT
CONVALESCENCE

La flamme s'approche, elle prend une forme humaine au fur et à mesure où la distance entre nous se réduit, en arrivant juste à côté de moi, elle me touche l'épaule et disparaît. Je sens une chaleur passer dans tout mon corps, je n'ai plus aucune douleur, je regarde ma plaie, Lith est de retour ...

Je me réveille soudain, me sentant encore très faible, je me tourne d'un côté et vois une pile de livre avec un papier, je tends le bras pour le prendre et le lis :

Tela, je t'ai laissé les bouquins que tu as empruntés à la bibliothèque pour te faire passer le temps, bon rétablissement.
Athéna.

Hygie se rapproche de moi :

- Bonjour, Tela, comment vas-tu ?

- Bonjour, Hygie je ne me sens pas encore apte à marcher mais ça va un peu mieux.

- Repose-toi bien, pour retrouver des forces, tu auras encore besoin de quelques jours.

- Je dors depuis combien de temps ?

- Je dirais trois, quatre jours, mais ne t'inquiète pas, c'est normal après une blessure comme celle-ci. Excuse-moi, j'ai quelques papiers à remplir, si tu as besoin de moi, tu n'as qu'à m'appeler.

- Merci Hygie.

- Au fait, tu as loupé Némésis, elle est sortie de l'infirmerie hier.

Elle se retourne et quitte la pièce. Je suis rassurée que Némésis aille mieux, je prends le livre qui est en haut de la pile, c'est celui que je lisais avant mon accident, je l'ouvre à la page où je m'étais arrêtée et reprends ma lecture.

Typhon, fils de Gaïa et du Tartare ça, on le sait déjà, la créature n'a jamais été aperçue hormis par les dieux de l'Olympe ... Je me demande si Athéna l'a vu. D'après le témoignage de Zeus, c'est un dragon qui a pour doigts des serpents, une gigantesque tête d'âne entourées d'une centaine de ces reptiles cités précédemment, avec des crocs acérés, tous les dieux désertent le royaume à cause de sa grandeur et sa puissance, seul Zeus reste pour le combattre, il réussit à le vaincre et recrée un lieu de paix au sein de l'Olympe. Avant sa mort Typhon engendre avec Echidna la déesse vipère, Cerbère, la Chimère, le lion de Némée, l'aigle du Caucase, le Sphinx, Orthos et ainsi que les deux dragons, l'hydre de Lerne et Lado. Certains de ses enfants n'ont pas encore été vaincus et des témoignages continuent de tourner à leur sujet.

Je vois Thanatos rentrer dans la salle et s'approcher de moi, je ferme mon livre et lui sourit :

- Bonjour Thanatos, vous allez bien ?

- Salut Tela, je te retourne la question, Athéna n'est pas aller de main morte ...

- Ce n'est pas grave, j'en verrai d'autres.

- Tu le prends bien, dit Thanatos en rigolant.

Il regarde le manuel qui est sur mes genoux :

- Tu te renseignes sur la mythologie grecque ? C'est un très bon livre avec beaucoup d'informations, ce bouquin est super pour apprendre !

- Oui, je le trouve très captivant, même si pour le moment, je n'ai pas énormément avancé dessus.

- Pourtant, je crois que tu l'as déjà bien entamé, à moins que tu aies commencé par un chapitre en particulier.

- Oui, j'ai commencé sur le chapitre des entités.

- Il est très entrainant, tu sais que certaines créatures citées sont encore en vie ou simplement endormies ?

- J'ai cru comprendre en lisant la fin.

- Je voudrais bien continuer à parler avec toi Tela, mais j'ai quelques petites choses à faire, repose-toi bien.

Il se lève et sort de l'infirmerie, je me replonge dans le livre. Oui comme vous pouvez le voir, je n'ai rien de trop intéressant à raconter ... Être couché sur un lit d'hôpital n'a rien de très passionnant en soit.
Une autre personne entre dans l'infirmerie et parle à Hygie, je n'arrive pas à entendre sa voix mais je pouvais juste voir le bout d'une capuche de sweat rouge et des cheveux blonds qui rayonnaient au fond de la pièce. Elle s'approche de mon lit, c'est bel et bien Athéna qui vient prendre de mes nouvelles, elle s'assoit au bord de mon lit et baisse la tête, elle a l'air triste et fatiguée, je me redresse un peu :

- Ne t'inquiète pas Athéna, ce n'est rien.

- Je suis désolée de t'avoir causé ces soucis, ça fait que quelques jours que l'on se connaît.

- Beaucoup de choses se sont passées les jours où je m'étais endormie ?

- Pas grand-chose pour moi à vrai dire, je ne suis pas prof, je reste dans l'école pour garder les liens entre Némésis, Thanatos, Hygie et les autres donc j'ai fait deux trois bricoles mais rien de plus, je suis juste là pour faire les plans de guerre et les entraînements si jamais il y en a bien sûr.

- Les journées doivent être longues pour toi.

- C'est vrai que ce n'était pas du tout la même quand j'étais en Olympe.

- En parlant de l'Olympe, tu crois réellement que Zeus nous apportera son aide ?

- Je n'en ai pas la moindre idée, même s'il est jusqu'à ce jour mon père ... Je n'ai jamais pu cerner Zeus concrètement ... Mais on peut toujours essayer, qui ne tente rien n'a rien.

- Oui, c'est vrai ... Mais ... Comment est Zeus ?

- Tu veux parler de sa personnalité ? C'est un dieu parmi tant d'autre, mais je crois que je n'ai jamais vu un dieu aussi égoïste que lui, il reste cloîtré en Olympe et se moque de tout ce qui peut arriver au monde d'en bas.

- Avec cette description ... Je ne comprends pas comment tu as fait pour rester là-haut autant de temps.

- Je n'avais pas le choix Tela ... Tu ne peux pas déserter cet endroit sans subir le courroux de Zeus, il est devenu bizarre depuis le jour où il a vaincu Typhon ...

- Mais finalement, tout s'est bien passé pendant ton exclusion, il ne t'a fait aucun mal.

- ...

Je la regarde, des larmes coulent sur ses joues, elle s'excuse, se lève soudainement et prend la direction de la sortie, je réunis mes forces pour sortir de ce lit pour la rattraper, mais au bout de quelques pas, mes jambes lâchent et je m'effondre sur le sol. Hygie vient m'aider à me relever pour retourner dans mon lit, Athéna n'est pas en forme en ce moment ... C'est sûrement ma faute ... Je ferme les yeux tout en pensant à sa réaction.

NEUF
CONTRÔLE

J'ouvre les yeux, je suis assise dans un endroit inconnu, les colonnes d'un temple m'encerclent, entourée de personnes encapuchonnées, elles sont toutes immobiles et ne parlent pas. Je parviens à me lever et tente de me frayer un chemin entre deux individus. Je me retrouve en face d'un combat qui oppose Athéna au sol sans défense face à un homme qui brandit un éclair devant elle, le tonnerre gronde de plus en plus, elle me regarde avec ses yeux remplis de larmes, je cours à ses côtés, il reste plus que quelques pas pour arriver jusqu'à elle, soudain la déesse se fait frapper par la foudre.

Un choc brutal me réveille et je me redresse, c'était juste un rêve ... Je suis toujours dans mon lit de l'infirmerie, je prends une grande inspiration, ce rêve semblait tellement réel.
Mon état s'améliore de jour en jour, hier j'arrivais à marcher un peu, je retire ma couette et je pose les pieds à terre, je parviens à me lever sans trop de mal, Hygie vient ensuite me rendre visite, elle est surprise de me voir debout, je lui souris :

- Bonjour Hygie.

- Bonjour, Tela, je suis contente que tu ailles mieux, tu vas pouvoir sortir de l'infirmerie !

- Oui enfin ...

- Enfin ? dit-elle en me fixant.

- Je veux dire enfin de ... J'en avais marre d'être dans mon lit.

- La cloche du petit-déjeuner a sonné juste avant ton réveil, tu peux encore aller manger.

- Merci Hygie, de t'être occupée de moi, à bientôt.

- À plus tard ! Ne t'inquiète pas pour ça, c'est mon travail.

Je récupère mes bouquins avant de sortir et je remonte dans ma chambre les poser, quelle joie de retrouver enfin ma chambre, je peux enfin remarcher correctement, c'est une délivrance.
Je descends ensuite au petit-déjeuner, je me mets à ma place habituelle et commence à manger, je regarde à la table des dieux, ils sont tous là, seule Athéna manque à l'appel, Thanatos m'aperçois et vient me voir :

- Félicitations, Tela, pour ton rétablissement.

- Merci Thanatos, où est Athéna ?

- Ne t'inquiète pas, elle va bien, elle est au jardin d'entraînement comme à son habitude, je crois qu'elle s'entraîne pour aller en Olympe, plus ça va et plus ça la tracasse.

- Je devrais sûrement aller la voir.

- Je pense.

Je mange rapidement et me lève pour aller voir Athéna, un silence pesant arrive dans la salle, je me remets sur le banc, un homme en armure dorée, une longue cape rouge et une grande épée se dresse devant la porte sans rien dire, Thanatos s'approche de lui et lui serre la main, un bruit de métal résonne au moment de leur poignée de main, son armure au niveau du bras tombe, rien n'est à l'intérieur, le dieu de la mort commence à hurler, l'homme crie :

- Calme-toi ! C'était une blague !

Il sort son bras de son plastron et remet son armure qui est au sol. Je rigole et me demande qui est cet homme, dans son allure de comique, il a l'air d'être très fort. Il s'installe à la table des dieux pendant que je sors de la salle pour aller voir Athéna. Je la retrouve en train d'aiguiser les armes de la caisse sous le soleil matinal, je viens à côté d'elle :

- Ah ! Tu t'es enfin remise ! Comment vas-tu ? me dit-elle en souriant.

- Je peux enfin marcher, je me sens revivre.

- J'imagine, mais pour les entraînements physiques, on va quand même attendre un peu. Dis-moi ? Tu te sens prête pour faire un entraînement avec Lith ?

- Maintenant ? Je ne sais pas, mais je peux quand même essayer. Depuis mon accident, je n'ai pas tenté d'utiliser Lith.

Elle me demande comme la dernière fois de m'asseoir dans l'herbe, en posant ma main sur le sol, je me coupe le bout d'un doigt avec un brin d'herbe, la matière de Lith sort de ma plaie, je la regarde et me concentre, soudain les particules qui composent l'entité font exactement ce que je leur demande de faire. Elles s'enroulent tout autour de mon bras, mon index se change en matière pour continuer à faire le tour, puis j'arrive à remodeler mon doigt, Athéna frissonne, stupéfaite de ce que j'ai réussi à faire, je la regarde :

- J'arrive à utiliser Lith en me concentrant.

- C'est très bien Tela, bientôt, tu n'auras plus besoin de te concentrer pour l'utiliser.

Une goutte de sueur tombe de mon front, car ça reste quand même épuisant, Athéna se lève et cherche quelque chose dans le coffre, elle sort une épée, la pose sur le sol et me demande :

- Tu crois que tu peux façonner une épée comme celle-ci ?

- Probablement.

Elle se remet à côté de moi, je pose ma main sur le sol, mes doigts redeviennent noirs et commencent à se dissoudre tout en voyant l'épée se créer à vue d'œil, ma main se fait ronger elle aussi, suivie de mon bras. Je finis la pointe de l'épée, mon membre entier a disparu. Athéna touche l'arme :

- Je ne sais pas si c'est réellement utile de perdre un bras pour une épée même si cette matière provient de Lith.

Je reforme mon muscle, il semble qu'une partie de mon bras ne s'est pas régénéré à cause des particules qui sont parties en fumée ... Je me couche dans l'herbe épuisée. J'entends quelqu'un marcher dans l'herbe, Athéna tourne la tête, c'était le comique de tout à l'heure, elle se lève en poussant un cri de joie et vient faire une accolade à ce type comme s'ils se connaissaient depuis très longtemps, il retire son casque, c'est un homme avec des cheveux bruns coupés court, une longue cicatrice lui parcourt tout le visage passant par son œil droit blanc. Je me redresse sur mes jambes à mon tour, il me regarde :

- Salut, désolé, je ne me suis pas présenté, je suis Arès, le dieu de la guerre.

- Bonjour, je m'appelle Tela.

- Je sais. Thanatos m'a parlé de toi pendant qu'on mangeait.

Il a l'air très gentil malgré son visage déformé à cause des combats, il a un ton de voix plutôt calme.

Athéna reprend la discussion :

- Dis Arès ? Tu comptes repartir ?

- Pas pour le moment, pourquoi ?

- Avec Tela, nous nous préparons pour aller en Olympe pour demander à ... Zeus ... S'il peut nous apporter son aide pour la guerre. Tu voudrais venir avec nous ?

- Non.

- D'accord ... On voit qu'on peut compter sur toi, c'est sympa, dit-elle en lui jetant un regard furieux.

- Tu n'es toujours pas faite pour le second degré à ce que je vois, bien sûr que je viens.

Je me retiens de rire, Athéna lui propose un combat d'entraînement comme avant, il refuse en répondant qu'il est fatigué de sa dernière guerre qui a duré 2 mois sans arrêt. Arès nous dit qu'il reviendra plus tard et il retourne à l'intérieur. Athéna se retourne vers moi :

- J'ai quelque chose d'important à faire aujourd'hui Tela, on pourra reprendre ton entraînement après, mais je dois partir dans quelques minutes.

- Pas de problème Athéna, je vais continuer de lire les manuels en attendant.

- Si tu veux, repose-toi encore un peu, bonne journée.

Elle se dirige vers l'intérieur, je fais de même pour retourner dans ma chambre avant le déjeuner, je regarde ma main, mes doigts sont enfin revenus.
En arrivant en haut, je me pose sur mon lit et j'essaye de créer des formes de plus en plus compliquées avec Lith pendant quelques heures.

La cloche sonne pour annoncer le repas, je me reforme sans perdre un doigt cette fois et je descends pour aller manger. Athéna n'est toujours pas revenue.

Plusieurs minutes passent, je finis de manger, la déesse entre dans la salle, me fait un petit signe de la main et part directement à la table des dieux, elle leur dit quelque chose, mais je n'arrive pas à les entendre de là où je suis, je vois juste les dieux acquiescer d'un mouvement de la tête, elle me rejoint à ma table :

- Tela, tu peux me suivre s'il te plait ? Il faut que je te montre quelque chose en dehors de l'école, on va devoir marcher un peu.

- Bien sûr, qu'est-ce qu'y se passe ?

- Tu verras quand on y sera.

Nous sortons du bâtiment et nous prenons le chemin pour nous engouffrer dans la forêt.

DIX
ANAGENNISI

Nous passons alors dans la forêt, tout est calme ... Seul le vent fait bouger le feuillage des arbres, j'essaye de demander à Athéna où elle m'emmène, elle me répète que c'est une surprise, nous marchons pendant 30 minutes sans arrêt.

Nous arrivons à la fin du voyage, des maisons s'étendent à perte de vue, nous continuons la marche jusqu'au moment où mon accompagnatrice s'arrête devant une forge :

- C'est ici, me dit la déesse.

- C'est une forge ... Que veux-tu faire à l'intérieur ?

- Suis-moi, tu verras par toi-même.

Nous entrons dans la bâtisse, un homme derrière un comptoir nous souhaite la bienvenue, Athéna s'approche et lui dit quelque chose dans la plus grande discrétion possible, le réceptionniste hoche la tête et nous fait signe de le suivre. Il ouvre une porte dans l'arrière-boutique, des escaliers descendent dans le noir, il nous demande de prendre ces derniers pour pouvoir le rencontrer, je pose la question à Athéna :

- Rencontrer qui ?

- Tu ne vas pas tarder à le savoir.

Nous entendons alors des bruits, comme si un marteau tapait sur de l'acier, en arrivant en bas, je vois un homme devant un feu tenant une masse dans la main en train de frapper un morceau de métal rouge. Athéna avance vers lui :

- Salut, Héphaïstos.

Il ne se retourne pas ... Il ne doit pas entendre avec le bruit qu'il fait, elle crie pour qu'il se retourne :

- Salut, Héphaïstos !

- Ah, excuse-moi, salut Athéna comment vas-tu ? dit le forgeron en se retournant.

- Ça va depuis tout à l'heure, merci, je te ramène Tela, c'est pour elle qu'on est là.

- Ah oui, le petit prodige dont tu m'as parlé ce matin. Enchanté, je suis Héphaïstos, dieu de la forge, du feu et de la métallurgie, dit-il en me regardant.

- Bonjour, enchantée de même, j'imagine que du coup Athéna m'a déjà présenté.

- Oui, j'étais bien obligée pour pouvoir lui demander de te faire une arme.

- Une arme ?

- Héphaïstos est le dieu de la forge, il est le mieux placé au monde pour te créer un outil de combat.

- Je ne pense pas que je suis le plus apte à faire les armes comme celle-ci, mais je vais essayer de me débrouiller.

Ce type n'a rien de spécial hormis qu'il soit très musclé à force de soulever des choses lourdes, une barbe et des cheveux mi-longs. Il griffonne quelque chose sur un bout de papier déjà utilisé, il me regarde, se replonge sur son dessin et dit :

- Mon travail pour aujourd'hui est de te créer une arme qui porte les mêmes attributs que Lith sans te consumer un bras complet.

- C'est possible de faire ça ?

- Nous allons voir ça ... Pour commencer, si l'on veut avoir une arme magique puissante, je vais avoir besoin de matière qui compose ton pouvoir.

Il me donne le morceau de papier, c'est un plan très détaillé de l'épée ou plutôt d'une partie, seul le manche apparaît sur son croquis, il est complètement banal, je le regarde :

- C'est que le manche d'une épée, où est la lame ?

- Tu comprendras quand tu la verras, il me faut une quantité de matière assez importante, je te laisse gérer ça.

Je pose mes doigts sur son établi et transforme ma main en particules, il me demande de lui en fournir beaucoup plus, je lui donne alors tout le bras comme j'ai fait pour créer l'épée durant mon entraînement. Il me fait signe qu'il en aura assez. Athéna s'assoit sur la chaise à côté de lui :

- Ne t'inquiètes pas Tela, c'est le meilleur forgeron au monde, c'est le seul capable de créer des objets magiques dans notre camp. Et pour ton bras ... Il va se régénérer, il faudra juste être patiente.

- Je ne suis pas non plus le meilleur forgeron du monde, les nains de Nidavellir sont aussi talentueux que moi, plus nombreux donc plus efficaces ...

- Arrête de dire n'importe quoi.

Il commence à faire fondre du métal mélangé avec les particules de Lith, Athéna le regarde faire :

- J'ai oublié de te demander ... Comment ça se fait que tu es dans ce sous-sol ? Généralement, tu es au rez-de-chaussée.

- J'ai eu quelques problèmes ... Des valkyries sont entrées dans la forge pour me demander de rejoindre leur camp, bien entendu, j'ai refusé, elles sont sorties en me criant que j'avais de la chance qu'elles n'ont pas reçu l'ordre de me tuer.

- C'est étrange ... Généralement, les valkyries ont le droit légitime de tuer, ils ont sûrement besoin de toi pour quelque chose.

- C'est justement pour ça que je suis en bas désormais, je n'ai pas envie d'avoir encore une visite comme celle-ci.

- Je comprends, alors comme ça les Nordiques recherchent des alliés ...

- Tu sais, j'ai plusieurs dieux de chez moi en guise de clients, ils n'ont jamais eu de propositions comme celle que j'ai reçue il y a plusieurs jours, les Nordiques doivent probablement penser que les Olympiens et les autres dieux restent très puissants malgré notre nombre bien inférieur.

- D'ailleurs en parlant de l'Olympe ... Comment va notre père ?

- Tu sais ... Il reste fidèle à lui-même, depuis quelque temps, je refuse de lui faire ses armes, je n'aime pas quand elles finissent entre ses mains pour des fins personnelles.

- Depuis quelques jours, j'ai pris une décision, nous allons voir Zeus en Olympe pour lui demander son aide en cas de guerre.

- Athéna ... Tu m'as toujours impressionné pour ton optimisme, mais tu connais aussi bien père que moi, il n'a rien à y gagner à combattre de notre côté ...

Je les regarde débattre entre eux pendant que mon bras se régénère petit à petit, il me faudra au moins des jours pour qu'il repousse entièrement, mais si j'en crois ce qu'Athéna m'a dit, ça en vaut la peine. Ils continuent leur discussion pendant plus d'une heure, j'avoue que j'ai totalement décroché.

Héphaïstos peaufine les derniers détails avant de le poser sur un socle :

- Tiens Tela, elle est prête ... J'espère qu'elle te plaît.

Je m'approche du manche de l'épée qu'il a fait, au moment où je le prends, une lame se forme grâce aux particules de Lith sans que je lui en donne l'ordre, le dieu touche le bout de l'épée :

- Bien que la lame soit créée par Lith, elle devient très dure et très coupante quand tu la dégaines alors fais attention. Elle te va ?

- Je ne m'y connais pas en arme, mais elle est très légère.

- Normal, ça reste de la matière de Lith durcie, elle n'a pas pris un gramme de plus, je la trouve très réussie, toutes les grandes armes possèdent un nom, je la baptise sous le nom d'Anagénnisi. Tu feras attention j'ai réussi à dissocier cette partie de toi, tu ne peux plus contrôler la matière qui te sert de lame, elle réagit seulement à ta présence quand tu l'as dans la main.

- Merci pour tout.

- Pas de problème ! Tiens, prends cette ceinture pour pouvoir l'accrocher.

Il m'aide à la fixer à ma taille et j'attache l'épée dessus, la lame disparaît, Athéna se lève :

- Je te dois quelque chose pour cette arme ?

- Rien, c'est bon Athéna, ça m'a fait plaisir.

Nous le remercions encore une fois, nous remontons au rez-de-chaussée. Nous saluons l'homme à l'accueil et reprenons le chemin pour l'école. L'après-midi a déjà bien commencé, je suis Athéna qui retourne rapidement dans la forêt, je m'approche d'elle :

- Pourquoi pars-tu aussi vite ?

- Tu as entendu ce qu'Héphaïstos a dit ? Des valkyries sont venues il n'y a pas longtemps, ça veut dire que nous ne sommes plus en sécurité, nous devons nous dépêcher de franchir cette forêt avant d'être attaquées par le camp ennemi.

Nous accélérons le pas, soudain, je me prends le pied dans une racine et trébuche, je n'arrive pas à me relever avec mon seul bras, je tourne la tête et vois des flèches qui se dirigent vers moi, je pousse un cri, Athéna me prend contre elle et m'enlève de la trajectoire du tir. Elle m'aide à me mettre sur mes jambes. Un homme se tient devant nous les bras croisés.

ONZE
REMISE EN QUESTION

L'homme porte un long manteau en fourrure, dans son dos, un carquois et un arc, sa grande barbe brune cache des cicatrices au niveau de son cou, qui semblent être des coups de crocs. Son air sévère s'intensifie grâce à son œil gauche entièrement blanc.

Athéna me prend contre elle et commence à fuir :

- C'est Ull, le dieu nordique de la chasse, il ne faut pas rester ici !

On commence à s'enfoncer dans la forêt, Athéna n'a pas ses armes et moi avec mon bras en moins, je suis trop faible pour combattre.

L'homme continue de nous poursuivre en sautant d'arbre en arbre.

La déesse s'arrête soudainement et me pose au sol :

- Excuse-moi Tela, mais je ne peux plus continuer.

L'inconnu s'approche calmement de nous, c'est sûrement la fin, il sort alors deux poignards de son manteau et commence à les brandir au-dessus de nous.

Je ferme les yeux, soudain j'entends du fer résonner, je regarde à nouveau, Némésis se tient juste en face de moi :

- Bravo, Athéna, je ne pensais pas que ton plan allait aussi bien marcher.

- J'ai bien cru qu'on allait y rester Némésis, soupire Athéna.

- Oui désolée j'avais un peu de retard, tiens.

Némésis tend une épée forgée en or à la déesse, elle la saisit et sourit.

Ull pousse un cri et fonce sur Némésis, elle arrive à esquiver les attaques sans difficulté malgré la traîne de sa longue robe rouge qui vole à chaque attaque.

Je la regarde encore pendant plusieurs secondes, Athéna perd patience et engage le combat avec sa collègue, des rafales de coups se déchaînent sur le dieu sans qu'il arrive à parer les attaques portées par les deux femmes.

Il craque et pousse un hurlement qui fait tomber un sapin entre lui et les déesses, un ours se hâte à toute vitesse vers lui, il monte dessus et s'évade.

Némésis jette son épée, Athéna pose sa main sur son épaule :

- Ne t'inquiète pas, on l'aura la prochaine fois.

Elle acquiesce et créer un portail pour nous ramener dans l'école, je réfléchis énormément à ce qui s'est passé et je pense qu'il faut que je devienne plus forte si une guerre approche.

Plusieurs semaines passent, j'ai retrouvé mon bras et mes entraînements ont repris depuis 4 semaines, ce n'est plus les mêmes qu'avant, encadrés par Athéna et Arès, ils font tout pour le rendre le plus horrible possible, à leur plus grand bonheur. Même s'il me reste encore pas mal de choses à apprendre, je connais désormais les bases du combat et je ne cesse de m'améliorer de jour en jour.

Comme d'habitude, je me rends au jardin de l'école pour m'entraîner. Athéna est déjà présente, comme tous les jours, je ne l'ai pas vu au petit déjeuner, j'ai vu Arès qui était encore en train d'amuser la galerie avant de partir en courant, je suppose que pour le moment, seule Athéna sera à mon entraînement, je m'approche d'elle :

- Salut Athéna, comment vas-tu ?

- Salut Tela, moi ça va, tu es prête pour l'entraînement d'aujourd'hui ?

- Toujours ! Arès ne vient pas aujourd'hui ?

- Il doit passer chez son forgeron pour aller chercher sa nouvelle armure, il viendra sûrement plus tard, en espérant qu'il ne déclenche pas une guerre entre temps sur le chemin, dit-elle rigolant.

- Qu'est-ce que tu as préparé pour aujourd'hui ?

- Pour ton entraînement, nous allons faire un combat, la première à désarmer l'autre gagne.

- Ça me va.

Connaissant Athéna je vais sûrement perdre, mais je vais faire de mon mieux ... Elle prend une lame dans le coffre et je prends mon épée, Athéna entame directement le combat une fois mon arme dégainée, elle m'attaque sans relâche pendant quelques minutes et me fait reculer de plus en plus, je me retrouve le dos collé au mur de l'école, elle me donne un coup qui m'entaille la joue et au même moment me donne une attaque tellement puissante qu'elle fait voler Anagénnisi à plusieurs mètres de nous :

- Tu as baissé ta garde.

- Je fais ce que je peux.

- Je vois que tu n'utilises pas Lith, je sais que tu t'entraînes plusieurs fois par jour dans ton coin, c'est dommage de ne pas s'en servir.

Un bruit de pas dans l'herbe nous interrompt, au moment où Athéna se retourne, elle pouffe de rire, Arès se tient devant nous avec une armure teintée de toutes les couleurs :

- Ne rigoles pas Athéna, s'il te plait, c'est déjà assez dur comme ça.

- Tu es très belle avec cette armure.

- Mon forgeron s'est trompé dans la teinture ...

- C'est plus que trompé à ce niveau-là, répond Athéna en éclatant de rire.

- Ne remue pas le couteau dans la plaie ...

- C'est ça de ne pas prendre ses armures chez Héphaïstos, je n'ai jamais eu de problème.

Athéna rigole de plus en plus :

- Hey, Arès dis-moi tu vas aller voir Zeus comme ça ?

- Si tu continues, je n'aurai même pas besoin de me poser la question.

Une autre personne entre dans le jardin, Némésis arrive en courant :

- Venez ! Les choses s'accélèrent ... Chouette armure Arès.

Athéna explose de rire une nouvelle fois, Arès soupire. On rentre ensuite, je pose beaucoup de questions à Athéna qui ne semble pas du tout inquiète.
Nous arrivons dans la pièce de Némésis, Thanatos est aussi de la partie, elle prend un paquet de feuilles qui est sur son bureau :

- Voici le nombre de courriers que j'ai reçu depuis la tentative de capture de Ull, les visites des valkyries chez les habitants deviennent de plus en plus fréquentes.

- Tu as une idée de ce qu'elles peuvent bien faire ? demande Thanatos les bras croisés.

- Apparemment, certaines personnes ont eu des demandes pour rejoindre le côté des Nordiques.

- Personne ne va s'abaisser à les rejoindre, affirme Athéna.

- On ne peut jamais en être sûr, ajoute Némésis.

- Nous devons absolument aller voir Zeus. Arès, Tela préparez vos affaires, nous partons demain et toi Némésis prévient Héphaïstos qu'une pièce de l'école est disponible pour sa forge, si le taux de rondes augmente encore, il ne faut rien laisser au hasard.

DOUZE
UN VOYAGE PLUTOT CALME

Ce matin, je me lève très tôt pour préparer mes affaires, j'emporte avec moi le minimum pour ne pas finir encombrée, je prends donc quelques vêtements de rechange et ma brosse à dents ... Ce n'est pas parce qu'on est en guerre qu'on ne doit pas faire attention à nous ... Je ferme mon sac et prends une profonde inspiration.
Que va-t-il se passer pendant notre voyage ? Je fais le tour de ma chambre au cas où je ne la vois plus, je vais devoir quitter mon certain confort ... Mon lit, mon

armoire, mon bureau.

En sortant, je vois mon reflet dans le miroir, je m'arrête un instant, je ne suis pas du tout prête pour ce genre d'aventure ... Je secoue la tête, je dis n'importe quoi ... Je me recoiffe un peu même si je n'ai pas énormément de temps et je sors de ma chambre en prenant mon sac dans le dos. Je descends au rez-de-chaussée et je croise Athéna dans les escaliers :

- Salut Tela, ça va ? Tu n'as pas l'air en forme.

- Ne t'inquiètes pas Athéna, c'est juste que j'ai peur du voyage que nous allons faire.

- On avait l'habitude de faire le chemin avec Arès, ne te fais pas de soucis. D'ailleurs pour changer de sujet, tu es bien en avance, on a rendez-vous dans deux heures pour laisser le temps à Arès de changer d'armure et pour se préparer, j'ai quelques trucs à faire encore, tu veux venir avec moi ?

- Avec plaisir !

Nous montons plusieurs marches, on passe devant mon étage, je m'arrête quelques secondes devant et nous continuons à monter.

Nous passons encore deux paliers pour arriver dans un couloir identique au mien, Athéna ouvre une porte et me laisse entrer la première, la pièce est très illuminée et spacieuse, une couleur chaude éclaire les murs et un doux parfum fruité enveloppe la pièce.

Elle se tourne vers moi :

- Bienvenue dans ma chambre, fais comme chez toi.

La déesse s'assoit devant un bureau, un miroir est posé sur celui-ci avec une multitude de produits de beauté, elle se détache les cheveux et prend une brosse.

Je regarde les photos accrochées à son mur, sur la première, on peut voir une photo d'Athéna et une petite fille toutes les deux assises dans l'herbe au bord d'une étendue d'eau. Une seconde montre toujours ma guide avec la même petite fille dans ses bras devant un temple grec, plus loin d'autres clichés de la déesse avec une adolescente d'environ quinze ans posant avec des lunettes de soleil à la plage. Cette jeune femme a des cheveux semblables à ceux d'Athéna, les cheveux blonds et légèrement ondulés, je m'approche d'elle pour lui demander qui est cette fille qui lui ressemble comme deux gouttes d'eau. À partir du moment où je lui pose ma question, le regard d'Athéna change tout à coup et elle adopte un regard mélancolique en se retournant vers moi :

- Cétait ma fille ...

- Je suis désolée de t'avoir rappelé de mauvais souvenirs.

- Tu ne pouvais pas savoir.

C'était clair que je n'aurais jamais dû lui poser la question ... Je vois Athéna fermer les yeux, une larme perle sur sa joue, mais elle la sèche immédiatement.
Je ne relance pas le sujet pour ne pas la vexer, je m'assois sur son lit en attendant qu'elle finisse de se coiffer, elle se lève et me demande de prendre sa place.

Je me lève et m'installe en face du miroir, elle retire mes barrettes en laissant tomber mes cheveux noirs sur mes épaules :

- Ne t'inquiète pas Tela, laisse-moi faire.

Plusieurs minutes passent sans qu'on échange un mot, Athéna finit de me coiffer, elle me fait une queue-de-cheval tout en laissant deux mèches tombées de chaque côté de mon visage. Je la remercie, mais elle ne me fait qu'un sourire. Elle regarde son horloge qui est accrochée à son mur :

- Il est temps d'y aller, Tela, on va être en retard.

Elle court pour rassembler ses dernières affaires, une fois son sac finit, on sort toutes les deux et on descend pour aller dans le jardin.

En arrivant là-bas, Némésis nous attend sur un banc à l'entrée :

- Salut à vous deux ! Athéna, j'ai eu Héphaïstos, il est d'accord pour venir s'installer ici le temps de la guerre.

- Enfin une bonne nouvelle !

Arès arrive équipé d'un gros sac de marche en nous faisant signe.

- C'est bon ? Tout le monde est prêt pour partir, demande Athéna.

Nous crions tous les deux avec Arès un "ouais" motivés même si pour moi mes peurs n'ont toujours pas disparu.
Némésis tend son bras, ouvre une brèche et nous souhaite bonne chance.
En entrant à l'intérieur, on se retrouve de l'autre côté de la forêt.

Je demande pourquoi Némésis n'utilise pas son pouvoir plus souvent.

- Parce que ça lui demande une certaine énergie, répond Athéna.

On entre ensuite dans le village en saluant tous les habitants qui sont à l'extérieur, on croise même Héphaïstos qui fait son déménagement, il semble très occupé, alors nous lui faisons signe et nous continuons notre route vers la sortie.
Le soleil rayonne au-dessus de nos têtes malgré la forêt qui se trouve à la sortie de

la ville, là, seul un sentier longe les champs faisant office de route. Même sous cette chaleur étouffante, cela ne dérange pas Athéna qui continue de s'amuser, rigoler et prendre des photos de groupe avec un appareil photo portable.

Après plusieurs heures de marche, nous arrivons à nouveau aux abords d'une forêt, nous nous asseyons au coin d'ombre le plus proche pour se reposer un peu, je n'ai pas l'habitude de marcher en sous un soleil de plomb comme celui-là, je suis totalement à bout de souffle, Athéna essaye de me rassurer :

-Maintenant, on aura toujours des coins d'ombre.

- Tu n'as pas de carte pour t'orienter ?

- Je n'en ai pas besoin, je connais cette route par cœur à force de la prendre.

- Mais c'est encore loin ?

- Encore une journée de marche, avec un peu de volonté, nous arriverons demain. Allez ! On y retourne ! dit rapidement Athéna.

Nous recommençons notre marche, Arès n'a pas sorti un mot depuis le début du voyage, il semble inquiet. Quelques mètres plus loin, une silhouette se dessine sur le chemin, Athéna semble très surprise de voir une personne sortir sous une telle chaleur, on se retrouve désormais juste derrière, c'est un vieil homme recouvert d'un drap déchiré qui cache son visage équipé d'un bâton pour se maintenir, il marche très lentement et nous le dépassons très vite, mais au moment où nous passons devant lui, un vent glacial balaye les feuilles mortes sur le sol, pour un temps très chaud et sec, ce phénomène est très étrange. Athéna me prend par le bras et accélère le pas avec Arès en me disant de ne pas poser de questions.

La nuit est tombée, mais le chemin est toujours le même depuis plusieurs heures, depuis la rencontre avec l'homme mystérieux, Athéna reste muette, elle tourne son regard vers moi, mais elle n'a pas l'air dans son état normal, elle m'adresse un sourire comme à son habitude et regarde à nouveau devant elle.

La déesse s'arrête et nous propose de quitter le chemin pour aller camper dans un endroit calme, nous marchons pendant quelques minutes pour nous arrêter devant une petite rivière, la lumière de la lune éclaire celle-ci. Nous posons nos sacs et je demande à Athéna si tout va bien, elle me répond en tremblant :

 - Je ne sais pas, l'homme que nous avons croisé semblait différent d'un vieillard normal, personne d'aussi âgé n'aurait osé s'aventurer sur un chemin comme ça sous un soleil de plomb.

- Athéna a raison Tela, personne ne prend ce chemin habituellement et surtout pas un vieil homme ...

Arès part chercher quelques branches et des galets autour de la rivière pour allumer un feu de camp. Nous échangeons un super repas préparé par Athéna à l'école avant de partir, nous prenons chacun notre sac de couchage pour dormir autour du feu et je m'endors.

Soudain, le craquement d'une branche me fait sursauter, Athéna n'est plus dans son sac de couchage, je me lève et je la vois au bord de la rivière, je m'approche et elle se retourne :

- Ah, c'est toi ...

- Vu comment Arès dort, ça pouvait être que moi.

On se retourne vers Arès, il dort à moitié dans son sac de couchage en ronflant avec une épée à la main.

- Qu'est-ce qui se passe Athéna, je vois que quelque chose te tracasse ...

- Énormément de choses me tracassent Tela, c'est surtout la crainte de retourner en Olympe alors que j'ai été expulsée, je crains la réaction de Zeus ...

- Je n'arrive pas à croire que tu peux avoir peur de quelque chose, tu as toujours été une combattante hors norme ...

- Ce n'est pas une question de combattant Tela ... J'ai perdu bien plus en Olympe que tout ce qu'on peut imaginer.

Elle courbe son dos, plie ses jambes et pose sa tête sur ses genoux en regardant la rivière.

- Tela ?

- Oui ?

- Qu'est ... Qu'est-ce que ça fait de mourir ?

- Cela fait longtemps que je ne me rappelle plus de cette sensation Athéna ...

- Je suis désolée ...

Une larme coule sur sa joue.

- Tu devrais aller dormir, il commence à se faire tard ...

- Tu as raison ..., me dit-elle en se levant.

- Athéna ...

Elle tourne la tête vers moi et m'écoute.

- Bonne nuit.

- Merci Tela ... À toi aussi.

On a maintenant échangé nos places, Athéna dort pendant que moi, je me pose des tonnes de questions, je me couche sur le côté et m'endors bercée par le bruit de l'eau.

TREIZE
MAUVAISE HOSPITALITE

Une goutte d'eau tombe sur ma joue. Je me réveille au bord de la rivière, j'examine autour de moi, Athéna et Arès dorment toujours paisiblement à côté du feu de camp mourant. Je me lève, m'approche de l'eau et plonge mes mains dans la rivière pour me rafraîchir le visage, j'admire le paysage autour de moi, cet endroit est magnifique et me donne une impression de déjà vu, j'entends soudain un grognement derrière moi, je me retourne pour voir ce que c'était.

Arès est en train de ronfler ou grogner, je ne peux pas décrire le son qui sort de sa bouche.
Athéna ouvre les yeux et lui donne un coup de pied pour lui dire de faire moins de bruit, elle se redresse, les cheveux tout emmêlés et encore à moitié endormi, Arès se lève à son tour :

- Qu'est-ce qui se passe Athéna, ça ne va pas ou quoi ? dit le dieu en se frottant la tête.

- Tu as vu le boucan que tu fais quand tu dors, c'est toujours la même chose quand on part en expédition, dit Athéna exaspérée.

Je les regarde en souriant, ils prennent chacun leur sac et sortent des barres chocolatées pour prendre le petit-déjeuner, Athéna m'offre une barre de chocolat :

- Salut Tela, prends un petit-déjeuner, tu auras besoin de force aujourd'hui, me dit Athéna en souriant.

Je lui demande :

- On a encore beaucoup de chemin à faire

?

- Deux petites heures, me répond-t-elle.

On mange en silence, tous les trois encore à moitié endormis.

Quelques minutes plus tard, nous reprenons notre chemin en direction de l'Olympe, le voyage ne se passe pas si mal que ça finalement hormis Arès qui se plaint toutes les cinq minutes qu'il n'a pas assez mangé.

Nous arrivons sur une côte, la brise de la mer timide caresse l'herbe, les vagues s'écrasent contre le bord faisant des éclaboussures et un bruit plutôt agréable.

Deux statues identiques se dressent devant nous, elles sont immenses, toutes en pierre et représentant un homme musclé portant un éclair, entre elles, des fleurs, des fruits sont posés dans un panier en osier.

Arès se tourne vers moi :

- Tu vois Tela… Zeus est hypocrite au point de faire construire des statues en son honneur pour recevoir des offrandes.

- Ça a toujours été un lieu adoré par les gens, certains pensent qu'en lui donnant des présents, il pourra les sortir de la crise et de la famine, affirme Athéna en croisant les bras.

Je leur demande :

- Mais maintenant, comment allons-nous faire pour entrer ?

- C'est très simple pour certains, comme très compliqué pour d'autres, étant des dieux, on n'aura aucun problème pour y entrer alors que pour des personnes normales, il leur faudrait prier nuit et jour pour avoir une chance d'entrer, dit Arès.

- Mais vous n'avez pas été exilés ?

- Si, mais Zeus n'est pas imbécile, il sait que, répond Athéna interrompue.

- Un petit peu quand même, rigole le dieu.

Athéna soupire :

- Il sait que si nous sommes là, c'est pour l'informer de quelque chose d'important.

Athéna s'avance devant la première statue et Arès devant la deuxième, ils posent tous les deux la main dessus.

La mer se déchaîne et s'écarte en deux parties bien distinctes, un escalier de lumière apparaît entre les deux effigies et au-dessus de l'eau qui redevient paisible, je me frotte les yeux en me disant que c'était peut-être qu'un rêve et que j'allais bientôt me réveiller.

Athéna me fait signe de les suivre, nous grimpons les marches jusqu'à arriver au-dessus des nuages.

À la dernière, le paysage n'a plus le même aspect qu'en bas, ce n'est plus du tout le même monde, avec un grand jardin, des fleurs s'étalant à perte de vue, des enfants s'amusant dans l'herbe, des femmes jouant de la musique et une chaleur peu commune.

Les deux dieux se retournent vers moi :

- Bienvenue en Olympe, Tela.

Toutes les personnes se trouvant autour nous lancent des regards noirs.

Nous marchons jusqu'à l'arche du palais de Zeus en esquivant un maximum le regard des habitants, l'atmosphère change complètement, des corbeaux dans les arbres croassent :

- Athéna ? Tu as déjà vu des corbeaux en Olympe ? demande Arès interloqué.

- Pas que je me souvienne, affirme Athéna

Nous entrons dans le palais, l'endroit est très spacieux et des colonnes en pierre entourent tout le temple, Zeus est assis sur son trône et nous regarde d'un air méfiant. Il se lève, il est vêtu comme ses statues, d'une tunique blanche en soie, il est très grand, coiffé avec des cheveux courts et grisonnants, son regard nous fait tout de suite comprendre que nous ne sommes pas les bienvenus ici.
Il prend la parole :

- Comment osez-vous remettre les pieds dans ce temple, je vous avais pourtant donné l'ordre de ne plus revenir.

- Zeus, si nous sommes là aujourd'hui, c'est pour te donner des nouvelles de ce qui se passe en bas, si tu n'es pas encore au courant, une guerre terrible se prépare avec les Nordiques et nous avons besoin de toi pour nous aider à en sortir vainqueurs, dit Athéna en tremblant.

- Et alors ? Tant que l'Olympe n'est pas détruit, je ne vois pas pourquoi je devrais assister à cette guéguerre pathétique, répond sèchement Zeus en s'asseyant.

- Avec ce que tous les gens font pour toi ?! Que des centaines de personnes viennent prier chaque jour devant tes statues en te laissant des offrandes, tu n'es pas capable de faire un geste pour ton peuple, crie Athéna en serrant le poing.

- Mon peuple est ici, en Olympe, Athéna, je n'ai rien à faire des habitants d'en bas, continue Zeus.

- De toute manière… Même ton peuple ici, tu n'en as rien à faire, conclu Arès.

Zeus hausse le ton :

- Je ne t'ai pas donné l'ordre de parler, si tu es encore là, c'est en partie grâce à mon acte de bonté de te laisser en vie.

- Au moins, on a eu notre réponse, dit Athéna en traînant Arès pour repartir.

On se dirige vers la sortie quand Zeus dit :

- Et Athéna ? Quand tu retourneras en bas, embrasse ta fille de ma part, d'accord ?

Athéna s'arrête net, dégaine son épée et se retourne en face de Zeus, le regard empli de fureur et lui répond :

- Sale ordure, je t'enverrai en enfer pour ça, je pense qu'on n'a plus rien à se dire désormais.

Elle se retourne à nouveau vers la sortie et donne un coup d'épée dans le vide, une colonne se trouvant devant elle se fend en deux et tombe en morceau sur le sol. Athéna n'a jamais été aussi remontée, elle nous fait signe de sortir.
Avant de reprendre les escaliers pour redescendre sur la terre ferme, un froid glacial nous traverse totalement faisant voler des feuilles d'arbre et nous gelant les membres, une multitude de corbeaux commencent à voler autour de
l'Olympe. Athéna me tire par le bras :

- Dépêche-toi de descendre Tela, nous ne

sommes plus en sécurité ici !

J'acquiesce et me précipite dans les escaliers sans réfléchir, suivie de près par Athéna et Arès.

En arrivant enfin en bas, je regarde Athéna, elle fixe le ciel sans dire un mot, puis regarde avec insistance le dieu de la guerre, il lui fait un signe de la tête, on aurait dit un "oui", mais pas assez expressif pour m'en assurer totalement, je ne comprends pas tout à fait ce qu'il se passe, mais je préfère ne pas poser de questions.

Elle se retourne vers la mer et cherche quelque chose dans son sac :

- Il ne nous reste qu'une solution …

Elle sort un vieux bout de papier avec un message totalement illisible écrit dessus, elle s'agenouille près de l'eau et plonge le parchemin dans l'eau :

- J'espère qu'il aura rapidement ce message…

QUATORZE
LA VISITE DE L'ATLANTI... DES MERS

Je regarde le papier coulé au fond de l'eau, des vagues commencent à se former, un orage remplace le ciel bleu au-dessus de nous, des vagues commencent à déferler, elles s'écrasent sur la rive de plus en plus fort, qu'est ce qui se passe ?

Je vois soudain un tsunami se rapprocher de nous, je demande à Athéna et Arès si l'on doit commencer à courir, elle me répond d'un ''non'' de la tête.

Je ferme alors les yeux, la vague nous emporte comme des feuilles mortes face à une tempête, je les rouvre et tout au coup nous sommes dans la mer, Athéna me sourit tout en descendant de plus en plus.

Nous atteignons le fond, je peux marcher sur le sable et respirer comme à la surface, je me retourne, un palais blanc immense se dresse devant nous, du corail et des plantes marines colorées nous entourent, un soleil artificiel illumine ce décor majestueux, des poissons de taille humaine nagent à côté de nous.

Je demande alors à Athéna, qui est en train de s'essorer les cheveux :

- C'est l'Atlantide ?

- Ne dis pas n'importe quoi, tout le monde sait que ce lieu n'existe pas, c'est seulement un conte pour enfants, me répond-t-elle en rigolant.

- Et comment c'est possible de respirer et de marcher ici ?

Une voix calme m'interrompt :

- C'est parce que vous avez tout simplement été invités.

Une personne sort du palais, il porte une armure en cuir avec une longue cape rouge, des cheveux bruns, courts et des yeux d'un bleu profond.

Athéna s'approche de lui et lui fait une accolade :

- Ça fait longtemps que tu ne donnes plus de nouvelles !

- Désolé Athéna ... Mais en ce moment, j'avais pas mal de soucis, répond l'homme en se frottant la tête.

Je reste à l'écart ne connaissant pas cette personne ... L'inconnu passe son regard au-dessus de l'épaule de la déesse, me fixe et me fait un sourire :

- Excusez-moi, je ne me suis pas présenté, je m'appelle Poséidon, le dieu des océans.

- Bonjour, je m'appelle ...

- Tela, c'est une femme courageuse qui a décidé de nous aider pour notre quête, interrompt Athéna.

- Tu ne changeras jamais Athéna, toujours à parler à la place des autres, dit Poséidon en rigolant.

- Pourquoi m'as-tu appelé Athéna ?

- Nous avons eu un problème avec Zeus, il refuse de nous aider pour la guerre qui se prépare ..., continue la déesse.

Pendant ce temps, je regarde Arès en train d'essayer d'attraper des poissons qui étaient autour de lui.

Poséidon répond :

- J'ai eu aussi quelques différents avec Zeus ces derniers temps et je reconnais avoir eu une énorme dispute avec lui. J'ai aussi eu vent qu'il pourrait avoir des contacts avec Odin et d'autres dieux nordiques.

Arès laisse échapper le poisson qu'il a réussi à attraper quand il entend le nom du dieu, Athéna adopte un regard crispé et ravale sa salive difficilement.

- J'avais quelques doutes à ce sujet, mais je n'en avais pas le cœur net ... Donc tous ces corbeaux en Olympe n'étaient pas ici par hasard.

- Il m'a aussi proposé de le rejoindre pour ses raisons personnelles, j'ai bien sûr refusé, mais il s'est mis en colère et a pris ma fille …

- Pris ? Comment ça ? demande Athéna.

- Fait disparaitre, tu vois ce que je veux dire, répond Poséidon en s'asseyant sur le sable.

Athéna adopte un regard soulagé, le dieu sort de son armure une carte avec un point rouge clignotant dessus :

- Mais … Comment as-tu obtenu ça ? demande la déesse.

- J'ai mis une balise GPS sur ma fille, ce n'est pas comme ça que les gens font avec leurs enfants à la surface ?

La déesse se tourne vers moi, je lui dis :

- Ne me demande pas Athéna, j'étais déjà morte quand ces objets sont apparus, c'est toi la plus avancée avec ton appareil photo.
- Si tu savais le nombre de choses utiles que tu peux trouver dans les mers… C'est

vraiment affolant, m'assure Poséidon.

Athéna semble toujours interloquée par l'histoire de la disparition de sa fille et propose au dieu de la retrouver en échange qu'il se batte dans notre camp pendant la guerre, Poséidon réfléchit :

- Ça me parait un bon compromis, j'accepte le marché.

Il donne la carte à Athéna et conclut :

- Cependant attention à vous, je ne suis jamais allé dans un autre endroit plus loin que la surface, impossible de franchir les portes de Muspelheim, là où ma fille est retenue prisonnière.

- Ne t'inquiète pas Poséidon, dès que nous aurons retrouvé ta fille nous reviendrons.

Le dieu sourit et nous propose de nous emmener devant l'arbre monde, Athéna accepte sa proposition.
Je tourne la tête, Arès a disparu, nous crions son nom, toujours aucune réponse, soudain sa voix s'entend au loin, il est accroché sur le cou d'un hippocampe qui fonce droit devant nous :

- Il ne changera jamais, rigole Poséidon.

- J'en ai bien peur, soupire Athéna.

Arès lâche sa monture pendant qu'elle nage à toute allure pour lui échapper :

- Tout le monde est prêt ? demande Poséidon

D'un geste de la main, il crée un tourbillon qui nous emporte tous les trois, plus jamais je ne recommencerai cette expérience.
On se retrouve à nouveau à la surface, nous nageons jusqu'à la rive, un grand chêne nous fait face, il est tellement immense que les nuages cachent les branches.
Une porte ornée de symboles se trouve dans le tronc, Athéna se rapproche et touche le symbole :

- Yggdrasil, l'arbre monde, je n'aurais jamais pensé me trouver devant lui un jour.

Elle nous appelle pour l'aider à pousser la porte, à l'intérieur, des branches immenses forment des chemins, partant dans toutes les directions, montant tout le long du tronc.

Nous commençons à grimper de branche en branche, il est plutôt facile de monter pour Athéna et moi pendant qu'Arès ne cesse de se plaindre du poids de son armure.

Nous éclatons de rire quand soudain un bruit de craquement de bois interrompt ce qui nous restait de joie de vivre. Athéna se retourne vers moi :

- Tu as entendu Tela ?

- Oui, je crois que ça venait de là-haut.

Je lève la tête, une masse grise descend à toute vitesse sur nous, on saute toutes les deux sur une autre branche intacte, la précédente se brise au contact de la chose qui est tombée sur nous.

Un second son apparait derrière nous, je me retourne en même temps que la déesse, une ombre fonce à nouveau vers nous, Athéna se met devant moi pour me protéger, ma main disparait et créer un mur noir entre nous et ce qui nous attaque.

Elle affiche un large sourire et saute de branche en branche, de haut en bas, de gauche à droite, jusqu'à attraper notre ravisseur qu'elle tient par la peau du cou. Ce qui a créé tout ce grabuge, c'était un petit écureuil gris d'une vingtaine de centimètres se débattant sans cesse poussant des grognements. La déesse le regarde de plus près, il essaye tant bien que mal de lui griffer le visage, la déesse tend le bras pour l'éloigner le plus possible d'elle :

- C'est Ratatosk, le gardien de ce lieu, je l'imaginais plus grand, mais il n'y a pas à dire c'est une vraie petite saleté.

Je lui fais juste un geste de la tête, épuisée par cette course poursuite, ma main se recompose petit à petit, Athéna me demande de vider mon sac et de lui donner, je ne réfléchis pas et j'exécute.

Elle met le petit animal dedans et referme la fermeture, elle l'accroche ensuite à une branche, le sac se tord dans tous les sens,

Athéna me donne ensuite le sien pour remettre mes affaires à l'intérieur, elle m'annonce qu'il va falloir accélérer le pas, car il ne va pas tarder à sortir.

La voix d'Arès se fait entendre dans tous l'arbre, il est à quelques branches de nous en nous faisant de grands signes, nous n'avons pas mis énormément de temps pour le rejoindre, une brèche laissant sortir une forte chaleur se trouve derrière lui.

Nous passons un par un à l'intérieur, ce n'était plus du tout le décor naturel que nous avons eu jusqu'à présent, des braises sur le côté forment un chemin sur des pierres chaudes laissant s'échapper de la fumée et une couleur rougeâtre teignait le ciel nuageux.

Nous sommes enfin arrivés à Muspelheim.

QUINZE
UN COUP DE CHAUD

Je scrute les environs, il n'y a que de la poussière, des pierres et des flammes, on entend seulement le craquement des braises.

Nous commençons à avancer dans une chaleur ardente, je m'essuie la sueur qui coule sur mon visage, Arès se plaint qu'il en a pleins les jambes et s'assoie au sol, il est très rapidement revenu à la réalité avec la grande chaleur, soudain un bruit qui peut s'apparenter à un son de tambour arrive à nos oreilles.
Je tourne la tête vers Athéna, qui s'arrête aussi de marcher à l'apparition du bruit pour écouter :

- Vous avez entendu ? demande la déesse.

Nous lui faisons un signe de la tête synchronisé avec Arès, nous continuons, guidés par le son ou plutôt je dirai un vacarme au fur et à mesure que nous avançons.

Nous arrivons enfin sur un lieu très étrange, je sens mon corps se déplacer sur le côté, Athéna me tire le bras pour me cacher derrière un rocher, nos trois têtes dépassent de la pierre chaude pour regarder ce qui se passe.

Une cérémonie se déroule à l'instant même devant nos yeux, des créatures immenses mesurant environs quatre mètres de haut, de grandes cornes se dressant sur leurs têtes, d'une couleur de peau rougeâtre, tournent autour d'une jeune femme à genoux, ligotée à l'aide de vieilles chaines rouillées sur un poteau en bois.

Elle est vêtue d'une robe blanche avec des rayures bleu marine, vu son état, elle n'était pas ici pour prendre des vacances au chaud, la tête baissée, je vois seulement ses cheveux bruns coupés au carré qui cachent son visage.

Les tambours des géants commencent à s'accélérer et certains d'entre eux prononcent des paroles incompréhensibles, devant les monstres, se trouve un golem de pierre inanimé d'une dizaine de mètres de haut, je me retourne vers Athéna pour avoir des réponses, Arès prend la parole :

- C'est Surt, le roi des géants de feu.

- Leur roi ?

- Tout à fait Tela et ce que tu vois sous tes yeux, est une cérémonie pour le ramener à la vie ..., ajoute Athéna en regardant le ''spectacle''.

Tout à coup, la femme qui depuis tout à l'heure ne montrait aucun signe de vie, relève la tête, laissant ses cheveux tomber derrière ses oreilles, alors qu'elle n'a pas prononcé un mot, des larmes commencent à tomber sur ses genoux, des cris demandant d'avoir pitié de la laisser partir arrivent soudainement jusqu'à nos oreilles. Un géant s'approche d'elle et la fait taire en lui donnant un coup de pied au visage en affichant un large sourire, je vois Athéna taper son poing contre le sol, Arès lui fait signe pour la calmer, elle sert les dents et ferme les yeux.

De nouveaux sous-fifres font leur entrée dans la cérémonie, portant une épée qui fait au moins trois fois leur taille sur un coussin rouge complètement rapiécé au-dessus de leurs têtes, la prisonnière recommence ses gémissements, le même géant de tout à l'heure s'approche à nouveau vers elle pour lui mettre un deuxième coup.

Athéna craque et se lève d'un bond en criant qu'elle en avait assez vu, elle se précipite pour venir en aide à la jeune femme, une des créatures autour de nous pousse un cri roque, la fumée derrière eux se dissipe petit à petit pour laisser place à une gigantesque montagne, des paillotes toutes rafistolées siègent au sommet.

Des bruits de tambours retentissent à nouveau, une colonie entière, armée jusqu'aux dents déferle sur la pente et fonce en direction de la déesse.

Arès se lève à son tour en s'étirant :

- J'aurais préféré attendre un peu … Mais bon, maintenant que c'est fait, nous n'avons plus trop le choix d'y aller.

Il dégaine son épée, se pose aux côtés d'Athéna, je sors de ma cachette à mon tour et je les rejoins, en ne comprenant pas trop ce qu'il vient de se passer. Le dieu attaque les premières vagues de géants qui surgissent, malgré la différence de taille, Arès frappe le sol d'une telle force que la terre se divise en deux engloutissant les monstres, Athéna affronte plusieurs géants à la fois, avec ses coups précis et ses esquives, elle n'a aucun mal à les vaincre un par un.

De mon côté, je réunis tout ce que j'ai appris au cours de mes entrainements pour vaincre un géant de feu, quand soudain je ressens une douleur intense dans le dos et dans le ventre, en baissant la tête je vois des particules se dispersées autour de moi ainsi qu'une lance perforant mon corps de part en part, merci Lith.

Je me retourne, la créature se trouve toujours derrière moi, mais tout à coup il tombe au sol, Arès se trouve derrière :

- Attention à toi Tela !

Les chamanes prennent la fuite, laissant derrière eux des bouquins, des artéfacts et d'autres objets de cérémonie, je cours vers la fille attachée, son nez saigne, elle crache du sang, ses yeux vert clair sont injectés de sang et des larmes mélangées à de la poussière enveloppent ses joues, elle me regarde et me remercie d'une voix faible. Je brise ses chaines, elle essaye de se lever, je la prends par le bras pour l'aider, ensuite elle pointe les paumes de ses mains au sol, de la vapeur sort de la terre créant des petits geysers.

Elle me montre un bracelet à son poignet :

- Le bracelet qu'ils m'ont enfilé m'empêche d'utiliser mes pouvoirs, j'ai déjà essayé auparavant, il est indestructible, tu dois me couper la main, il n'y a pas d'autre solution.

- Je ne pourrai jamais faire une chose pareille.

Je regarde à nouveau les deux dieux se battre, ils sont totalement envahis par les géants, je me retourne vers la femme, elle me fait un signe de la tête en tendant son bras. Est-ce que la vie des personnes qui m'entourent depuis quelque temps maintenant est plus importante que la main d'une inconnue ?

Sans réfléchir plus longtemps, je brandis mon épée et lui assène un coup, cependant Anagénnisi se sépare en deux parties au contact de sa peau, je tombe au sol, un genou à terre, je sens une sensation inhabituelle au niveau de ma main, elle se désagrège d'un coup formant un petit nuage de poussière noire qui se fixe au bracelet qui éclate au bout de quelques secondes, ma main se reforme avec seulement trois doigts.

La jeune femme lève les bras au ciel, des geysers gigantesques traversent le sol, elle entrelace ses mains, les colonnes d'eau entourent les géants et forment une bulle aquatique les emprisonnant à l'intérieur. Athéna nous prend le bras à toutes les deux et court vers la brèche de l'arbre monde avant que les monstres arrivent à s'échapper. Nous sommes de retour dans Yggdrasil pour reprendre notre souffle, la déesse prend une grande inspiration et regarde l'inconnu que nous venons de sauver :

- Tu as bien grandi Eiri.

SEIZE
RENCONTRES ET RETROU-VAILLES

Athéna prend son sac où elle a mis mes affaires, elle sort une bouteille en verre ornée d'or, elle la tend vers la jeune femme :

- Tiens ça ne va pas te faire de mal, lui dit la déesse

Elle la remercie et lui sourit, Athéna reprend la parole :

- Tu ne dois pas te souvenir de moi Eiri, tu étais toute petite quand tu m'as vu pour la dernière fois, laisse-moi me présenter, je suis Athéna une amie de ton père et les deux personnes avec moi sont Tela et Arès.

- Je l'ai aussi connu quand elle était petite, rétorque Arès.

- Je me souviens un peu de vous …, mais pas de cette femme, répond Eiri en me pointant du doigt.

- Je suis arrivée il n'y a pas longtemps, c'est pour ça que tu ne me connais pas.

Elle m'adresse un large sourire, elle boit une gorgée, soudainement ses blessures commencent à disparaitre comme par magie :

- Je ne vous remercierai jamais assez de m'avoir sauvée.

- Mais dis-moi Eiri tu es la fille d'un dieu, qui plus est l'un des dieux les plus puissants au monde, pourquoi ne pas t'être défendue ? questionne Athéna.

- Ils m'ont mis un bracelet qui m'empêchait d'utiliser mes pouvoirs, un bracelet forgé à Nidavellir, ils sont réputés pour faire des objets indestructibles et c'est d'ailleurs étonnant que Tela ait réussi à le briser, répond la jeune femme en me regardant.

Un battement d'ailes interrompt notre discussion, des cris féminins viennent se mêler au vacarme, trois femmes chevauchant des chevaux ailés descendent à toute allure l'arbre monde sans même poser un regard sur nous, elles portent chacune un grand sac remplit à ras bord d'arme en tout genre, quelques secondes après le silence s'installe de nouveau.

Athéna se rue sur son sac et l'ouvre encore une fois, elle sort un vieux parchemin, ses mains tremblent au fur et à mesure du temps, c'est une grande carte avec l'arbre monde dessiné dessus et des écritures sur les côtés, je demande calmement :

- Athéna, à quoi sert cette carte ?

- C'est un plan de l'arbre monde, cela nous permet de savoir dans quel monde atterrir, répond précipitamment la déesse.

Une goutte de sueur traverse son visage.

- Nous devons vite retourner voir Némésis, si tout à coup des valkyries sont apparues chargées d'armes, elles venaient de sortir de Nidavellir, la guerre n'a jamais été aussi proche.

Elle remet le plan dans son sac et le prend avec elle, nous descendons Yggdrasil pour enfin arriver devant le lac où nous avons atterri grâce à Poséidon.
Athéna regarde les environs et se met face à Eiri :

- Eiri ? Est-ce que tu as les mêmes pouvoirs que ton père ?

- Plus ou moins oui, affirme-t-elle.

- Est-ce que tu connais la rive avec les deux statues de Zeus, pour les offrandes ?

- Je connais oui, répond la fille de Poséidon.

Athéna lui demande si elle peut tous nous emmener là-bas, soudainement Eiri claque des mains, une vague apparait et puis trou noir, je ne me rappelle de rien, j'ouvre à nouveau les yeux, les deux statues de Zeus me font face, personnellement je ne m'y ferais jamais à cette manière de voyager.

Arès est le premier à avancer, suivis de près par Athéna pendant que moi j'essaye de me remettre tant bien que mal de mon voyage en tsunami, Eiri quant à elle essore ses cheveux, les deux dieux nous font signe de les suivre, car nous n'avons pas de temps à perdre.

Nous courrons pour entrer dans la forêt, je commence à rapidement perdre mon souffle, il ne faut pas oublier que ce sont tous les trois des dieux et que j'ai donné tout ce que j'avais pendant notre séjour à Muspelheim, j'essaye tant bien que mal de faire de mon mieux, cependant je glisse sur une racine, Athéna court vers moi, elle sort à nouveau du sac la bouteille qu'elle avait donné à Eiri, Arès s'accroupit à côté d'elle :

- Athéna tu es sûre que c'est prudent de lui faire boire ça ? Elle risque de ne pas le supporter.

- Fais-moi confiance Arès.

- C'est quand même le nectar, seuls les dieux et demi-dieux peuvent le boire sans leur provoquer une mort imminente.

J'hésite de prendre le récipient, Athéna m'adresse un sourire, je prends une gorgée, une sensation de calme et une chaleur envahit mon corps, je me lève, la déesse me félicite, Arès reste immobile, bouche bée.
Nous reprenons notre chemin, le grand soleil que nous avons eu pendant l'allée s'est changé en nuages gris et menaçants.

Après plusieurs heures de trajet, la fatigue apparait pour tout le monde, la pluie commence à tomber. On aperçoit enfin le village dans une fine couche de brouillard, malgré le mauvais temps, tous les habitants sont souriants et se ruent sur nous pour nous souhaiter la bienvenue, le tavernier propose de nous mettre à l'abri en attendant que la pluie se calme, Arès acquiesce d'un oui de la tête.
Le tavernier nous sert un café pour Athéna, Eiri et moi et une grande pinte de bière pour Arès je comprends maintenant

pourquoi il était aussi excité à l'idée de se mettre à l'abri. La pluie se calme pour laisser les rayons du soleil éclairer la pièce par les fenêtres, la porte d'entrée s'ouvre, une femme portant une longue robe rouge entre en saluant tout le monde, Athéna se lève d'un bond et la prend dans ses bras, Némésis rigole :

- Votre voyage s'est bien passé ?

- Il y a beaucoup trop de choses à expliquer, répond Arès en buvant une gorgée.

Athéna murmure des mots à l'oreille de la déesse, je ne peux pas tout comprendre ce qu'elle lui dit, mais de ce que j'ai pu entendre, il fallait absolument qu'elle fasse évacuer les villageois, Némésis ouvre alors une brèche et nous fait signe d'y rentrer, Arès grogne et demande au serveur s'il peut prendre sa bière avec lui, le tavernier lui adresse un sourire, Athéna lève les yeux au ciel, nous sommes alors tous dans l'école, plus précisément dans le jardin où je m'entrainais.

Des souvenirs parcourent mon esprit, les rires, les pleurs, les siestes que j'ai faites ici dans l'herbe, Arès pousse soudain un cri en regardant sa bière, on s'approche de lui, un homme miniature se trouve à l'intérieur, il toque à la paroi du verre, le dieu lance sa chope en l'air, elle se brise au contact du sol, un homme se tient devant nous, de taille réelle cette fois-ci, il se retourne, Arès semble interloqué :

- Poséidon ? Qu'est-ce que tu fais dans ma pinte ?

- Je suis désolé pour toi Arès… Mais ta bière est cruellement coupée à l'eau …, affirme Poséidon.

Il croise alors les bras comme un enfant qui fait un caprice, je regarde Eiri, des larmes coulent sur son visage, Poséidon lui tend les bras, elle se jette sans plus tarder contre son père en le serrant contre elle, Athéna renifle, elle semble très émue. Némésis et Thanatos entrent dans le jardin, la déesse s'approche de nous :

- La salle de réunion est enfin prête Athéna, j'ai envoyé Hermès chercher les autres dieux.

- Parfait, allons les attendre là-haut, répond Athéna en affichant un large sourire.

Tout le monde prend les escaliers, direction le dernier étage, je ne peux m'empêcher de m'arrêter au moment où je vois le seuil de mon ancienne chambre, Athéna pose sa main sur mon épaule et continue de monter, je la suis avec un pincement au cœur.

En arrivant, une grande porte avec des mots en grec sont inscris dessus, Thanatos ouvre la porte et nous invite à entrer, derrière, se trouve une salle immense avec des banderoles rouges et des symboles grecs écris en lettres dorées, des braséros illuminent la pièce.

Au milieu se trouve une grande table avec des sièges tout autour, devant chaque place se trouve un nom.

 Je cherche ma place, elle est à côté de celle d'Arès et d'Athéna, en face de nous se trouvent Eiri, Poséidon et à côté son frère Hadès.

Un dieu est déjà installé, les pieds sur la

table, affalé dans son siège les mains derrière la tête et un épi de blé entre les dents, il n'est pas très grand, des cheveux noirs en brosse et des chaussures de sport neuves. Némésis se tourne vers lui :

- Hermès … On te l'a dit combien de fois de ne pas mettre les pieds sur la table ?

- Excuse …, souffle le dieu en s'installant correctement.

- Tu as bien prévenu tout le monde ? demande Thanatos.

- Ouais, enfin … tous les dieux que j'ai pu… Je vous rappelle que plusieurs partent en vacances chez les humains ces derniers temps, réplique Hermès.

Hygie et Héphaïstos font aussi leur entrée, ils sont toujours ensemble ces deux-là, je ne préfère pas imaginer ce qui se passe entre eux, ils saluent tout le monde, le dieu donne une accolade à Poséidon.

Une jeune femme avec de longs cheveux roux et lisses passe la porte, ses yeux sont d'un vert tellement profond qu'ils me font froid dans le dos, elle est vêtue d'une tunique en cuir verte, elle pose à l'entrée, un arc et un carquois avec seulement une flèche dorée à l'intérieur, Athéna tourne la tête :

- J'étais sûre que tu allais venir Artémis.

- C'était une évidence, lui répond la femme d'une voix douce.

Soudain, Thanatos pose un genou à terre, un homme avec des cheveux mi-longs, une robe noire et un teint blanchâtre entre dans la salle, il lui fait signe de se relever, il est accompagné par un homme ressemblant trait pour trait à notre Thanatos, il salue tout le monde d'un bref signe de la main et fixe Poséidon, je me penche vers Athéna en murmurant :

- Athéna, qui est cet homme qui ressemble à Thanatos ?

- C'est son frère jumeau, Hypnos le dieu du sommeil, les deux sont les serviteurs d'Hadès, m'explique Athéna.

Némésis ferme et prend une chaise à côté d'Artémis, Thanatos lui, se place à côté de son frère, Arès s'assoit en dernier. Il s'assoit brusquement, les pieds de son siège cassent, les dieux le regardent exaspérés, Athéna plaque sa main contre son visage, Artémis rigole, Thanatos se lève et lui donne la sienne. Cette fois-ci, il s'installe délicatement pendant que le dieu de la mort se met contre la seule fenêtre de la pièce.

Athéna regarde Arès, il lui fait signe de la tête, la déesse prend la parole :

- Il est l'heure de commencer la réunion.

DIX-SEPT
REUNION DE CRISE

Tous les dieux commencent par regarder Athéna, elle prend une grande inspiration :

- Si je vous ai tous réuni ici, c'est que l'heure est très grave, comme vous pouvez vous en douter la guerre ne va pas tarder à se déclencher, vous êtes les dieux les plus puissants de ce monde et je suis sûre que grâce à vous ... Nous avons une chance de triompher contre les Nordiques.

Hadès lève son index et se redresse de sa chaise :

- Tu dis que nous sommes les dieux les plus puissants, tu n'as pas tort dans un sens, mais où est mon frère ? C'est de lui que nous avons le plus besoin.

- Ton frère n'a pas daigné bouger le petit doigt pour nous aider et je crains qu'il soit de mèche avec les Nordiques, répond sèchement Athéna

- Ce n'est pas étonnant, c'est de famille, rétorque Poséidon en regardant son frère du coin de l'œil.

Je vois Athéna fermer les yeux quelques secondes puis elle change rapidement de discussion :

- Nous avons aussi croisé des Valkyries dans l'arbre monde, il y a seulement quelques heures …

- Pourquoi être allés dans Yggdrasil ? Nous avons pourtant fait le serment aux Nordiques de ne pas y aller pour garder un équilibre entre nos royaumes, ajoute le dieu des enfers.

- La fille de ton frère était emprisonnée à Muspelheim … Tu aurais fait quoi à notre place ? demande la déesse agacée.

- Je l'aurais tout simplement laissé mourir,

la vie d'un demi-dieu vaut-elle plus que celle de deux vrais dieux primordiaux ? Comme je l'ai dit précédemment, vous avez risqué l'équilibre et la vie de tout notre royaume uniquement pour sauver la vie d'une jeune femme.

Poséidon tape du poing sur la table :

- De toute façon pour toi, tout est matériel ! Tu n'as jamais eu quelque chose de cher à tes yeux !

- C'est ça la clé du pouvoir mon frère, c'est comme cela qu'on devient fort, affirme Hadès

Athéna se lève d'un bond et demande aux deux frères d'arrêter de se disputer, que pour une fois, ils devaient se comporter en adulte et enterrer la hache de guerre.

Arès demande à Athéna de poursuivre :

- Il nous faut une armée au plus vite, les Nordiques ont déjà les Einherjar ..., dit Athéna.

Je demande qui sont ces Einherjar, le regard furieux d'Hadès se pose sur moi :

- Une personne aussi peu informée que toi ne devrait même pas être assise ici, la situation te dépasse jeune fille, exprime le dieu.

Je baisse la tête, les larmes aux yeux, Athéna pose sa main sur ma cuisse et me sourit :

- Malgré tout, Tela reste une combattante hors norme et notre meilleur atout, explique la déesse

- Elle est aussi très courageuse, affirment Hygie et Héphaïstos ensemble.

Athéna me fait un clin d'œil, Arès prend la parole :

- Mes hommes se sont assez reposés, ils pourront venir nous porter main forte.

- Je pourrai aussi faire appel aux animaux dans la forêt, ajoute Artémis.

Hermès retire son épi de sa bouche et s'assoit correctement :

- Même avec les hommes d'Arès et ta meute Artémis, ça ne suffira clairement pas, les Nordiques ont des soldats surentrainés et qui ne vivent que pour les combats … Sans oublier les multitudes de créatures de leur côté comme les nains, les elfes, les géants et j'en passe.

- Ne soit pas ignorant Hermès, nous le savons très bien que les géants ne pourront jamais se mettre d'accord avec Odin, en plus Loki, même si c'est son fils, il ne pourrait jamais se rallier de son côté, rigole Hadès.

- Pourtant Loki est bien de son côté, avance Némésis.

Elle se lève et retire ses manches pour baisser sa robe, elle place ses cheveux devant son épaule, des dizaines de cicatrices parcourent toute la largeur de son dos, un silence apparait dans la salle, Hadès reprend à nouveau la parole :

- Et le Ragnarök ? Loki ne veut plus le déclencher ?

- Je n'en ai pas la moindre idée, conclut Athéna.

Je me retiens de demander ce qu'est le

Ragnarök, j'aurais dû lire plus attentivement les livres pendant ma convalescence à l'hôpital...

Arès soupire et entrelace ses mains :

- Pourquoi ne pas provoquer le Ragnarök nous-mêmes ?

- Il en est hors de question, assure Athéna.

- Et pourquoi pas ? Si c'est le seul moyen de gagner, questionne le dieu.

- Tu as oublié le nombre de vies perdues à la suite du Ragnarök, le nombre de femmes et d'enfants que tu vas tuer en faisant une telle chose ? Et je te rappelle que le Ragnarök est l'apocalypse, nous mourrons aussi, confirme la déesse.

- Et si on arrive à libérer Fenrir, il n'y a pas moyen de s'en débarrasser ensuite ? demande le dieu de la guerre.

Artémis pouffe de rire :

- Tu crois réellement que si nous n'arrivons pas à gagner cette guerre seuls, on a une chance contre Fenrir ?

- De toute manière, on ne sait pas où il est

enchainé, donc on peut faire une croix dessus et il n'y aura pas de Ragnarök, la discussion est clause ! crie Athéna en se levant.

- Athéna, il faudra se mettre en tête que c'est un plan qui mérite de s'y pencher un minimum, ajoute Arès.

La déesse se rassoit :

- Pourquoi ne pas demander aux sœurs Gorgones ?

- Les deux sœurs ainées sont portées disparues Athéna, il reste seulement Méduse mais ça sera très compliqué d'avoir son accord, sinon il y a Cerbère aussi, propose Hadès.

- Hermès, tu sais ce qu'il te reste à faire, trouve Méduse, ordonne Athéna crispée.

Le dieu court vers la sortie, la déesse continue sa discussion quand soudain un bruit sourd l'interrompt venant de l'extérieur, Thanatos se retourne pour regarder par la fenêtre. La foudre tombe sur l'école faisant tomber le mur où le dieu regardait par la vitre, un cri de douleur sort de la bouche du dieu qui se faisait écraser les jambes par les décombres, les autres dieux se lèvent pour le sortir de sa situation, Hygie et Héphaïstos le porte pour l'emmener à l'infirmerie.

Je me lève pour regarder dehors, malgré la nuit, le ciel est d'une couleur rougeâtre inhabituelle, le village derrière la forêt est totalement en feu, on peut entendre les habitants qui n'ont pas eu le temps de se mettre à l'abri hurler, je regarde Athéna, une larme coule sur sa joue et crie à Arès d'aller chercher son armée, je le vois sauter par le trou béant, suivis par Artémis, Poséidon regarde Athéna, lui fait un signe de la tête et saute à son tour avec sa fille, Hadès disparait dans un brouillard noir avec Hypnos, Athéna me prend la main.

Elle saute, m'entrainant avec elle dans sa chute, nous glissons sur le toit de l'école pour arriver sur la pelouse à l'extérieur, tous les dieux ayant sauté sont présents, Athéna nous fait signe de venir, pendant ce temps Artémis pousse un fort sifflement, des loups, des ours, des renards, des sangliers et plusieurs autres espèces sortent de la forêt en poussant des grognements ou des hurlements.

Némésis ouvre une brèche, on se retrouve au-dessus de la montagne qui se trouve derrière l'école, un camp de fortune avec une grande tente se trouve en face de nous. Je regarde Athéna l'air déboussolée, elle me sourit :

- Pourquoi à ton avis, je ne me trouvais jamais au petit déjeuner le matin …

La déesse nous fait entrer sous la toile, elle déplie des parchemins sur une table immense, elle claque des mains :

- Maintenant, nous ne pouvons plus reculer !

DIX-HUIT
RASSEMBLEMENT DES DIEUX

Je me rapproche de la table pour voir les papiers, c'était une simple carte du village et de la forêt, Athéna commence un discours, mais des cris venant de l'extérieur l'interrompt, Arès entre dans la tente, au moment où il tend la toile pour rentrer, je vois des centaines de soldats derrière lui. Artémis, Arès et Poséidon accompagné de sa fille, avance près de la table, Athéna regarde ses parchemins :

- J'ai préparé ce plan pendant des mois, je projetais de mettre chaque dieu avec son armée, cependant je n'ai pas anticipé que Thanatos ne serait pas des nôtres pour le moment, annonce la déesse

- Je suis désolé Athéna, mais je ne peux pas avoir Eiri avec moi, je passerai plus mon temps à la protéger qu'a combattre, répond le dieu des mers en croisant les bras.

- Très bien, Eiri tu iras donc avec Tela et moi, ajoute Athéna en esquissant un sourire.

- Je viendrai avec vous, nous avons fait trop de chemins ensembles pour vous laisser toutes seules, Poséidon je te laisse mes hommes, lance Arès l'air sûr de lui.

- Artémis, toi tu feras office de joker tu iras là où tu le souhaites, tu es très forte, on ne peut pas se permettre de te perdre en te laissant toute seule avec tes bêtes, conclut Athéna en regardant la déesse.

Je vois Artémis faire un ''oui'' de la tête, quelqu'un entre dans la tente, c'est Némésis accompagnée d'Héphaïstos, les deux ont l'air complètement paniqués, la déesse

nous annonce que d'avoir ouvert la brèche jusqu'ici l'a beaucoup épuisée et qu'ils ont dû faire le chemin à pied jusqu'ici.
Athéna dans un ton de panique demande où est Thanatos, ils répondent qu'il est resté avec Hygie dans la forge d'Héphaïstos, car l'infirmerie n'est pas en lieu sûr.

Arès sort de la tente en courant, on l'entend crier à plusieurs de ses hommes d'aller chercher le dieu le plus vite possible, le tonnerre gronde en plus des bruits de métal des armures de soldats d'Arès qui courent pour aller chercher Thanatos.
Athéna s'éclipse à son tour, je l'accompagne, elle regarde le ciel et supplie Hermès et Hadès de se dépêcher, elle baisse ensuite la tête en direction du village, les cris de plusieurs habitants se font encore entendre en haut de la colline, une larme coule sur sa joue, prise par l'émotion elle se jette dans mes bras, des bruits de pas viennent s'ajouter aux hurlements et aux pleures, une horde d'hommes armés avance dans le village embrasé, pendant

que des valkyries tournent autour à dos de chevaux ailés.

Poséidon s'approche de nous :

- Les Einherjar et les valkyries sont déjà là …

Athéna se crispe et se retourne à nouveau pour regarder les habitations, un grognement inhabituel venant de derrière nous vient se mêler à tous les sons aux alentours.

Je me retourne et recule de deux pas au risque de tomber tout en bas, un chien gigantesque à trois têtes me fait face, ce n'était pas ce que j'avais imaginé, Hadès et Hypnos apparaissent derrière lui, le dieu du sommeil court vers Athéna en la secouant :

- Mon frère ? Est-il en sécurité ? demande le dieu d'une voix grave.

- Les hommes d'Arès sont partis le chercher, il ne devrait pas tarder à arriver, répond la déesse calmement.

Soudain, la foudre tombe sur le village, des personnes semblent être apparues, la

pluie commence à s'abattre, je reconnais que Zeus et Ull que j'ai déjà rencontré, Athéna tend le doigt en direction des hommes en me donnant les noms de chacun d'entre eux, un homme muni d'une cape et une armure noire, il se dresse d'un air fier devant les soldats nordiques, son visage est masqué par un casque.
Il croise les bras faisant bouger un bouclier et une lame dans son dos, il retire son heaume, il est coiffé très court aussi bien sur la tête que sur le menton, les soldats posent un genou au sol, c'est Odin accompagné de ses deux fils Thor et Loki. Le premier fils est vêtu d'une armure identique à son père, un marteau à la main, il semble énormément musclé comparé à son frère qui lui est très maigre, Thor porte une grande barbe et des cheveux courts bruns, tout le contraire de son frère qui lui est rasé de près et avec une longue tignasse sur la tête. Loki est habillé simplement d'une tunique noire recouverte d'une grosse fourrure autour de son cou et de ses épaules.

Une femme se trouve à côté d'eux, elle est vêtue d'une longue robe bleu cyan, des cheveux noirs et une grande épée accrochée à sa ceinture, Athéna m'annonce que c'est Ran, la déesse des tempêtes, donc la pluie venait sûrement d'elle.

Tout à coup, le déluge s'arrête, une tempête de neige se déclenche, Poséidon lève les yeux au ciel :

- Bertha ... La déesse de l'hiver.

Des bruits de tambour se font entendre, les géants de feu sont aussi de la partie, des créatures identiques à ceux que j'ai déjà vu se tiennent derrières eux, ils ont le teint bleuté, c'est les géants des glaces, Athéna m'en a déjà parlé, des petits bonhommes débarquent aussi, tous en armure avec de longue barbe et des casques enfoncés jusqu'aux yeux.

Artémis s'accroupit :

- Ils sont plus nombreux que nous, ça risque d'être très difficile.

Je me retourne, les hommes d'Arès sont de retour avec Thanatos sur le dos,

Athéna s'approche d'eux et les accompagne dans la tente, elle ressort quelques secondes plus tard en attachant son épée à sa ceinture.

Plus le temps passe, plus je sens mon stress monter, la déesse nous demande si tout le monde est prêt, j'aurais aimé lui dire que non, mais ils commencent tous à glisser de la montagne, freinés par la neige, je les suis à mon tour laissant Hygie et Héphaïstos en compagnie de Thanatos. Notre armée avance dans le village, enfin … ce qu'il en reste, jusqu'à se retrouver devant les Nordiques, Odin nous fixe sans bouger, Athéna avance avec Arès, son armée, Eiri et moi, suivis de près par les autres dieux, les animaux sauvages et Cerbère.

Des corbeaux volent au-dessus de leur tête, le chef des Nordiques lève la main au ciel :

- Nous allons laver l'affront que vous avez commis envers mon peuple.

Il abaisse son bras, tous les Einherjar et les valkyries nous foncent dessus ralentis par la neige, Athéna dégaine son épée, les hommes d'Arès se lance à l'assaut, les dieux nordiques se séparent pendant qu'Odin recule avec Zeus, comme sur les plans d'Athéna nous formons nos groupes, Hadès et Artémis montent chacun sur une tête de Cerbère.

Elle lance un cri qui pousse les animaux de la forêt à attaquer, cependant Ull fait un grognement qui appâte des ours blancs et des loups du Nord, ils sautent sur ceux d'Artémis, des couinements se font entendre et du sang remplace la neige blanche.

Le chien à trois têtes essaye d'attraper les valkyries en plein vol, la déesse de la chasse décoche sa flèche dorée qui réapparait directement dans son carquois, des cris de douleur des soldats viennent se mélanger avec ceux des animaux. Athéna prend mon bras pour me faire venir avec eux, sur le chemin des géants des glaces nous bloquent la route, Arès court vers les grandes créatures et leur assène un coup d'épée qui fait éclater leurs jambes en plusieurs morceaux, des nains se jettent sur moi avec des haches, ils entaillent ma peau, mais seulement des particules noires sortent de mon corps, je lève mon épée au ciel et une onde de choc se créer autour de moi faisant tomber les nains, mes blessures se referment immédiatement, Eiri fait apparaitre une vague qui emmène les petits hommes loin de nous.

Loki se manifeste devant moi, il brandit sa dague, je l'esquive de justesse, la foudre tombe à côté de lui, Thor le rejoint, sans réfléchir j'attaque les deux, ils parent mes attaques, quelqu'un me pousse, Némésis se trouve à mes côtés, les yeux remplis de rage, elle se déchaine sur le frère du dieu du tonnerre, je la regarde combattre, ses mouvements ressemblent à des pas de danse d'une fluidité exceptionnelle, je retourne à nouveau la tête, Thor est devant moi en levant son marteau, mon bras disparait pour laisser place à un bouclier noir, je bloque son assaut et lui donne un coup qui entaille le devant de son armure.

Je dissous alors mon bouclier en une multitude d'aiguilles qui viennent s'enfoncer dans la peau du dieu qui crie de douleur, soudain une valkyrie tombe du ciel avec une flèche plantée dans le dos faisant tomber les deux frères. J'entends Athéna féliciter Artémis de loin, Némésis retourne vers les autres pendant que je rejoins mon groupe, un géant des glaces nous bloque encore le passage. Je prends la matière utilisée pour Thor et forme une grande vague noire tranchante qui coupe le géant en deux, on retrouve Zeus, toujours les bras croisés, Athéna fonce sur lui en criant.

DIX-NEUF
APPARITION, DISPARITION …
DESTRUCTION

Athéna saute sur Zeus voulant lui décerner un coup d'épée, il l'attrape au vol en la tenant par le cou, le dieu serre les dents de colère, mes particules foncent sur lui le forçant à lâcher la déesse, il lève son éclair au ciel faisant tomber la foudre sur Athéna, je la bloque en créant un bouclier de Lith, Athéna plante sa lame dans le sol et lance un coup de pied à Zeus, il évite et disparait dans un grondement de tonnerre.

Je sens Athéna bouillonner de rage, un vent frigorifique apparait dans la neige, une jeune femme portant un long manteau polaire avec une capuche en fourrure s'approche de nous, Athéna reprend son épée :

- Bertha, restes en dehors de tout ça.

La déesse nordique avance de plus en plus vers nous, elle tend le bras, une colonne de glace arrivant au niveau de sa ceinture se forme au sol, en une fraction de seconde, la glace se brise laissant apparaitre une rapière qu'elle pointe en face de nous. Elle engage le combat en se jetant sur Athéna, elle se prépare à bloquer son attaque quand Arès s'interpose et brise sa rapière d'un coup de poing titanesque, elle saute sur le côté en créant une autre colonne pour former une épée, le dieu de la guerre, la main ensanglantée, se lance à l'assaut, elle le repousse à l'aide d'une tempête de neige et disparait-elle aussi en fondant comme neige au soleil.

Qu'est-ce qu'ils ont tous à disparaitre, un gémissement se fait entendre derrière nous, Cerbère tombe au sol, les Einherjar sont réunis autour en le rouant de coups, je me retourne et vois deux géants de feu, je n'ai pas le temps de la prévenir que deux flèches se figent dans le cou de chacun d'eux.

Soudain, Athéna est prise pour cible par une flèche qu'elle tranche en deux avant qu'elle l'atteigne, Ull se trouve sur le côté, bandant son arc pour une seconde tentative. Il semble déjà bien blessé par la guerre, au moment où il décoche son projectile, un voile d'eau se forme devant nous, Poséidon nous protège malgré son combat contre les nains et les soldats nordiques, Hypnos et Hadès apparaissent derrière Ull, le dieu du sommeil pose sa main sur la tête du dieu qui s'endort instantanément, des mains venant de sous terre l'entraine dans le sol.

J'examine plus précisément le champ de bataille, des corps de soldats des deux camps inanimés jonchent le sol recouvert par une petite couche de neige. Au sol repose également des valkyries qui n'ont pas eu la chance de s'en tirer, soudain des algues nous enchaînent les mains et les jambes au sol, Ran nous fait face, créant un ouragan qui emporte plusieurs débris du village et de la guerre. Malgré le peu de mouvement possible, Eiri réussi à créer une barrière aquatique, le choc annule la tempête et brise la protection qui éclabousse tout aux alentours, Arès parvient à se libérer et plaque la déesse nordique au sol en la tenant par le cou, les mains ressortent de la terre en emportant la déesse qui essaye tant bien que mal de se débattre, mais disparait tout à coup en laissant derrière elle une flaque d'eau. Artémis saute sur le mur cassé d'une maison, elle regarde ensuite Athéna :

- Ils sont encore bien trop nombreux, notre nombre de soldats descend à vue d'œil, il serait temps de mettre en place une autre stratégie, surtout que certains dieux nordiques nous ont glissé plusieurs fois entre les mains.

- On garde notre plan d'origine, nous n'avons pas le temps d'en élaborer un pour le moment, répond Athéna en criant pour se faire entendre.

Un homme avec un visage très familier se

rapproche de nous en boitant, Hypnos et Athéna courent à ses côtés, le dieu pose sa main sur son épaule ;

- Mon frère, tu ne devrais pas être là, tu dois te reposer.

- Vous pensez vraiment que j'allais vous laisser gagner cette guerre sans moi, dit Thanatos à bout de souffle.

- Ton frère a raison Thanatos c'est de la folie de rester ici dans ton état, ajoute Athéna.

Le dieu baisse la tête et commence à pleurer en s'excusant, un grondement de tonnerre retentit à nouveau, Zeus se montre devant nous et sans que personne ne puisse bouger, il lance un éclair droit sur moi, Athéna me prend dans ses bras, je ferme les yeux, cette fois-ci c'était la fin …

Je regarde à nouveau, Athéna est toujours en vie, elle me lâche et se retourne, Thanatos est devant nous, le corps fumant, il tombe au sol, électrocuté. On se rue toutes les deux sur lui, je fixe Zeus, il affiche un large sourire et fuit comme la première fois.

La déesse soulève la tête de l'homme sans vie, les larmes d'Athéna tombent sur la joue de Thanatos, soudainement je sens mon corps s'engourdir et tout devient noir.

Je recouvre la vision, mais impossible de bouger mon corps, une voix marmonne des choses dans ma tête, les mots sont de plus en plus clairs, cette voix dit « tuer, du sang doit être versé », la phrase devient plus forte à chaque seconde qui passe, mon corps bouge tout seul, je suis juste spectatrice de mes gestes, je touche alors le corps de Thanatos, il se décompose en particule sur le sol, je lève le bras et transperce le ventre d'un géant tout proche avec ce qui était le corps de Thanatos. Je me lève à nouveau, avec autour de moi la poussière de Lith provenant de plusieurs corps de soldats morts au combat, j'entends encore des paroles différentes
« Tout le monde doit un jour en payer le prix, le sang doit être encore versé », je

commence à comprendre que Lith contrôle mon corps.

Je saute en plein milieu du champ de bataille créant une tornade de poussière qui découpe une vingtaine d'hommes, ennemis comme alliés. Je demande à Lith d'arrêter ce massacre, le seul mot que j'entends dans ma tête « tué », tous les corps mutilés se décomposent à leur tour, je ressens une douleur vive dans le dos comme si l'on me plantait un poignard dans l'omoplate, les particules commencent à prendre une forme méconnaissable, plus le temps passe plus Lith prend une forme d'ailes. Je lève la tête, des valkyries sont encore dans le ciel, je saute et prends mon envol. Je tranche la tête des chevaux d'un coup d'épée, je supplie Lith d'arrêter, toujours le même mot tourne en rond dans ma tête.

Je fais alors apparaitre une multitude d'aiguilles en particule, que j'abats sur tout le champ de bataille, une centaine de soldats tombent raides morts face à ça. Une prison aquatique se forme autour de moi, Eiri se trouve en bas en essayant de me retenir, je brise la barrière est fonce sur elle, j'essaye de crier, mais sans succès.

Athéna se met en travers de mon chemin, elle pleure toutes les larmes de son corps, les miennes commencent elles aussi à couler, je reprends enfin le contrôle de mon corps, mes ailes se décomposent et je demande pardon à la déesse. Elle sèche ses larmes et me prend dans ses bras.

Arès s'approche d'Athéna :

- Athéna, je sais que tu es contre, mais nous n'avons plus le choix.

- Tu as raison Arès ... Nous devons provoquer le Ragnarök, conclut Athéna en me lâchant.

VINGT
ZONE ROUGE … TEMPÊTE DE NEIGE

J'écoute attentivement Athéna, elle semble à bout de souffle, elle demande à Arès où se trouve Fenrir, il la regarde l'air perdu :

- Je n'en ai aucune idée …

- Alors pourquoi tu nous proposes de le déclencher si tu ne sais même pas où est Fenrir ? crie la déesse.

Arès pointe le doigt en direction de l'école, Athéna répond que c'est de la folie, mais qu'ils n'ont pas d'autre solution, nous courrons alors en direction de l'école en esquivant tous les combats pour ne pas perdre de temps, le vent de Bertha se remet soudainement à souffler.

Son long manteau réapparait en face de nous, je prends mon courage à deux mains et annonce aux trois que je vais m'en occuper, je n'ose pas leur dire que je ne sais absolument pas lire les livres écris en grec ancien, Athéna me regarde et me demande de faire attention.

Je fonce sur la déesse pour la distraire, je l'entends rigoler pendant qu'elle créer une autre tempête de neige, je me retourne, Athéna, Arès et Eiri sont déjà partis.

Me voilà toute seule face à une déesse, j'aurais préféré me retrouver dans une autre situation, à nouveau le ricanement de Bertha surgit à côté de moi, par réflexe je me baisse, une lame de glace me coupe quelques pointes de cheveux.

Elle se recule en levant ses bras, des stalactites géantes se forment au-dessus de sa tête et se lancent sur ma trajectoire, je coupe l'un d'eux à l'aide de mon épée, en prenant appui sur l'autre j'attaque Bertha d'en haut en lui envoyant des piques de Lith, elle riposte en créant un mur de glace.

En tombant, la neige amortit ma chute et lui donne un coup de poing qu'elle bloque avec sa main, elle sourit :

- Je ne pensais pas que tu étais aussi forte, cela risque d'être intéressant.

- Compte là-dessus.

Elle prend sa lame de glace et me donne un coup que je pare avec la mienne, une onde de choc se propage faisant tomber sa capuche, c'est une jeune femme avec de longs cheveux blancs et des yeux bleu extrêmement clair, je suis totalement perturbée par son regard, elle me crie de ne pas baisser ma garde et me lance un coup de pied qui me fait rouler dans la neige, avant que je puisse me relever, elle se jette sur moi en levant une lance de glace, je m'écarte le plus vite possible, son arme éclate à l'impact du sol.

Bertha est très impressionnante, elle peut manier n'importe quelle arme, d'une telle facilité, qu'elle semble impossible à mettre au tapis, la déesse remet sa mèche de cheveux derrière son oreille en recréant une épée. Elle se lance à l'assaut de nouveau, je tente de reculer et sens un obstacle dans mon dos, un nouveau mur de glace. Je m'accroupis, des éclats partent dans tous les sens, je me mords la lèvre jusqu'à me l'entailler, est-ce que je peux réellement battre un dieu toute seule ? Je me pose beaucoup trop de questions.

Je raccroche mon arme sur ma ceinture et d'un mouvement de bras, il se dissout et créer une onde tranchante sur Bertha, elle fait apparaitre des colonnes gigantesques devant elle qui se fendent à la moitié, je commence à perdre espoir, soudain elle me lance une vague de glace, je me protège en créant un mur avec la matière de mon bras que j'ai récupéré, elle est d'une telle puissance que je peine à résister.

La déesse se dresse devant moi, je ne peux plus bouger la partie inférieure de mon corps, en regardant plus attentivement mes jambes sont complètement bloquées dans la glace, elle me regarde :

- C'était un très beau combat, mais maintenant c'est terminé, je me souviendrai de toi ...

Je panique totalement, je n'arrive même pas à ouvrir la bouche, je suis vraiment vouée à mourir ici, je le savais que je n'en étais pas capable de toute manière...

Je ressens soudainement une grande chaleur émaner de mon corps, des particules tournent autour de moi, lacèrent la glace me retenant prisonnière, je suis de nouveau libre, en vue de la tête de Bertha, elle ne s'y attendait pas. Je lève mon bras et une nuée noire tourbillonne en direction de la déesse, elle se protège en mettant ses bras devant son visage, les particules mettent en pièce les manches de sa parka et érafle ses bras, malgré sa douleur, elle ne bronche pas, elle se contente de me fixer, elle retire son manteau. Une brume blanche émane de son corps jusqu'à le recouvrir totalement, seule sa tête n'est pas recouverte, mais ses yeux en revanche sont entièrement de couleur bleu clair, elle esquisse un sourire :

- Tu ne me laisses réellement pas le choix, tu aurais dû te rendre pendant que tu en avais encore le temps.

La neige, a son contact, se transforme en cristaux de givre qui virevoltaient autour d'elle, d'un geste de la main, ses glaçons me visent, les particules de Lith forment un bouclier me protégeant, au moment où il disparait, je vois Bertha en face de moi. Je saute sur le côté pour esquiver, une explosion de glace se créer au moment du choc de son poing sur le sol, je lance des piques géants sur elle, d'un souffle glacé, elle les détruit sans la moindre difficulté, la déesse lève la main au ciel, des petits scintillements tombent de plus en plus vite sur le sol, je créer une barrière au-dessus de ma tête, certains cristaux arrivent a endommager ma défense.
Avant qu'elle puisse récupérer son souffle, je me lance, c'est peut-être ma dernière chance, je lui donne un coup d'épée qu'elle bloque immédiatement, puis mes

particules se changent en lame, elle se défend à nouveau avec une colonne, mais Lith se rassemblent à nouveau autour de moi et je créer une tornade qui l'envoie dans les airs et lui entaille cruellement sa peau.

Elle tombe sur le sol, sans aucun signe de vie, sa brume commence à se dissiper, avec le peu de force qu'il me reste, je récupère ce qu'il reste de son manteau et l'enveloppe avec, je tombe de fatigue dans la neige, j'ai réussi à vaincre un dieu, ma vision se trouble.

Je vois trois silhouettes au-dessus de moi, l'une d'elles me fait boire quelque chose, une boisson que j'ai déjà bue auparavant, une forte chaleur me parcoure entièrement, ma vue redevient normale. Athéna, Arès et Eiri se trouvent en face de moi en me félicitant, Arès me met un coup dans le dos en signe de fierté qui manque de m'arracher les poumons, Athéna me regarde :

- Tela, nous avons trouvé où est caché Fenrir, tu as la force de te lever ?

- Oui, ça devrait aller.

Mais sans que je puisse essayer, Arès me prend par l'épaule et me remet sur pied, je pensais me lever calmement…

Eiri m'annonce alors que Fenrir se trouve sur l'île de Lyngvi au milieu d'un lac, donc ça veut dire qu'on va encore avoir le droit à notre tour de tsunami, nous prenons la route vers l'étendue d'eau la plus proche.

En arrivant là-bas, je n'ai pas le temps de me reposer une seconde qu'Eiri claque des mains et nous nous retrouvons emportés par une vague pour la dernière fois, enfin je l'espère …

Sur l'ile en question, les nuages ont une teinte violette et orange, le temps est frigorifique, je tremble comme une feuille et claque des dents, un grognement s'étend sur toute l'ile. Athéna pose son doigt devant ses lèvres pour nous faire signe de ne pas faire de bruit, nous avançons prudemment, un loup de plusieurs mètres dort paisiblement devant un rocher immense. Nous continuons doucement jusqu'à ce qu'Arès déploie ses grands bras pour nous empêcher de faire un pas de plus, Athéna le fixe :

- Arès ? Qu'est-ce qu'il t'arrive ?

- Regardez par terre, dit le dieu en montrant le sol.

J'examine attentivement, une ligne avec des symboles spéciaux est tracée tout autour du loup, Athéna s'accroupit pour voir de plus près et tombe à la renverse :

- C'est une magie elfique, je ne pensais pas qu'une sécurité serait posée autour de Fenrir.

- Exact, durant les nombreuses guerres, j'ai pu voir toutes les protections, dit le dieu calmement.

- Arès, tu connais donc le moyen de la détruire ? demande Athéna.

- Oui, mais le choix risque d'être difficile, la première personne qui franchit cette barrière devra y laisser la vie pour que les autres puissent entrer, ajoute cruellement Arès.

Tout le monde reste bouche bée devant cette nouvelle.

- Mais je pense que pour libérer Fenrir, vous devez rester toutes les trois en vie, conclut sèchement le dieu.

- Il est hors de question que tu prennes une décision pareille, nous avons déjà perdu Thanatos aujourd'hui, il doit y avoir une autre solution …, réfléchit Athéna.

Un rire mesquin résonne derrière nous, c'est Loki qui affiche toujours son large sourire, il se montre du doigt :

- La voilà votre solution.

VINGT-ET-UN
LIBERONS LE TOUTOU

Athéna se lève et regarde le dieu avec un regard plein de fureur :

- Comment peut-on te faire confiance après ce que tu as fait à Némésis ?

- Je ne voulais pas lui faire de mal, on m'a obligé, répond Loki en posant sa main sur le front l'air abattu.

- Le dieu de la ruse qui se sent contraint à exécuter un ordre, laisse-moi rire, ajoute Arès.

- Crois-le ou non, mais ma destinée est de déclencher le Ragnarök, je ne dois pas perdre de vu cet objectif que je me suis toujours fixé, j'ai rejoint les Nordiques uniquement pour que l'on me laisse tranquille pendant la guerre et vous, vous venez tout gâcher … Je dois absolument libérer Fenrir de ses chaines, pour le bien de tous … Enfin surtout du mien, rigole Loki.

Il s'approche de nous en marmonnant, je reste sur mes gardes, qui sait ce qu'il est capable de faire, il se dresse devant Athéna, pour le fils d'un géant des glaces, il fait vraiment petit devant elle, Loki lève la tête et la regarde dans les yeux :

- Tu diras à ma chère nation s'ils sont encore vivants après ça, que je ne les ai jamais aimés.

Et soudain, il saute dans la barrière, son corps s'embrase, aucun son ne sort de sa bouche, seulement son sourire qui restera la dernière chose que l'on verra de lui avant qu'il tombe totalement en cendre. La protection se brise, nous nous approchons de Fenrir quand un grondement de tonnerre surgit de nulle part, la foudre tombe sur l'ile et laisse apparaitre Zeus.

Il regarde le corps de Loki en train de bruler :

- Donc c'était ça qu'il mijotait depuis le début ? J'avais raison de ne pas lui faire confiance.

Athéna se met devant nous, elle scrute les alentours :

- Cette fois-ci, tu n'as nulle part où te cacher.

- Je n'en ai pas l'intention ma chère Athéna, je veux vous empêcher de libérer ce loup, ça serait un désastre s'il arrivait à s'échapper, approuve Zeus.

Je vois Athéna serrer le manche de son épée de toutes ses forces puis bondit sur le dieu, Arès me prend le bras et celui de Eiri nous empêchant de voir le combat, il nous dirige en direction de Fenrir, une chaine à peine visible le retenait, le dieu prend son épée et tente de la briser, sa lame s'émousse à son contact.
Eiri se rapproche de moi :

- J'ai déjà entendu parler de cette chaine Tela, c'est Gleipnir, un lien forgé par les nains, tu as bien réussi à détruire le bracelet qui retenait mes pouvoirs n'est-ce pas ? Tu devrais pouvoir la détruire comme tu as fait auparavant.

Je tourne la tête quelques instants pour voir Athéna se battre contre Zeus, l'un comme l'autre ne voulait rien lâcher, des étincelles sortent au contact de l'épée et de l'éclair, il lui donne un coup de poing dans le ventre qu'elle n'arrive pas à esquiver, elle tombe au sol sur les genoux, Arès me crie de me dépêcher ce qui réveille Fenrir. Il grogne, ses poils s'hérissent, Eiri me dit d'utiliser Lith, je serre le poing, avec tout le mal qu'elle a fait pendant la guerre, je ne veux plus lui demander quoi que ce soit.

- Lith ? Ce nom m'a toujours donné envie de vomir.

Je tombe à la renverse.

- Tu comptes encore leur mentir longtemps ?

Je regarde Arès et Eiri et remarque que c'est Lith qui me parle.

- Tu leur caches la vérité depuis tout ce temps Tela ?

- Je ne leur mentirai jamais…

- Alors pourquoi ce surnom de Lith ? Tu oublies tout ce qu'on a fait ensemble ?

- Ne parle pas de ça, tu es restée emprisonnée jusqu'à présent, pourquoi depuis mon arrivée tu refais surface ?

- Parce que tu as besoin de moi, tu serais déjà morte si je n'étais pas là, mais maintenant que je suis complètement libre je ne compte pas te laisser me mettre de côté une nouvelle fois, mais dis-moi … Est-ce qu'un jour tu comptes leur dire que je ne suis pas une entité, mais seulement une partie de toi-même que tu as odieusement laissée de côté ?

- Je suis la seule Tela.

- Une Tela faible et impuissante, depuis ce jour où tu as décidé de mettre une barrière entre nous, est-ce que tu as une seule fois accompli une chose aussi grande que celle qu'on a fait ensemble ? Tu voulais devenir la nouvelle mort sur Terre, pas vrai ? Au lieu d'être simplement une apprentie, j'ai exaucé ton souhait en tuant le vieux qui leur servait de mort, tu devrais me remercier.

- Ne m'en parle plus, c'était un simple accident.

- Cesse de te voiler la face ! Sans moi, tu es faible ...tu préfères laisser tes amis mourir devant tes yeux plutôt que me laisser libérer ce loup.

- Je vais en venir à bout sans ton aide !

- Tu n'y arriveras pas, c'est sans espoir, pourquoi t'entêtes-tu ?

- Je ne veux plus que tu fasses de mal à qui que ce soit ...

- Je vois ... Alors, fais-moi confiance je te promets que dès que ce loup sera libéré je te redonne ta place.

- J'imagine ne pas avoir réellement le choix ...

À contrecœur, je laisse donc Lith prendre le contrôle de mon corps, ma main se décompose et s'attache au lien qui se détruit directement, Fenrir pousse un hurlement et se jette sur Zeus, la foudre le touche de plein fouet, son poil argenté fume et sent une légère odeur de bruler.

En reprenant le contrôle, je cours aider Athéna accompagnée par Arès et Eiri, j'entends une voix derrière moi, en me retournant, je me vois comme si je me regardais dans un miroir.

- Merci Tela, merci de m'avoir fait confiance.

- Merci d'avoir tenu parole.

- Tu m'as fait comprendre une chose essentielle, malgré le manque de confiance que tu as envers moi, pour sauver tes amis tu n'as pas hésité une seule seconde, maintenant je sais que la colère ne résout pas forcément toutes les choses néfastes dans ce monde. Je vais devoir te laisser la place et partir définitivement, car il y a qu'une seule Tela, même si elle est parfois trop clémente avec ses ennemis … Merci de m'avoir laissé une dernière fois respirer et bouger. Au revoir Tela.

Puis elle disparait dans l'ombre, Fenrir grogne encore, Zeus le frappe, le loup fait un pas sur le côté en secouant la tête, il charge une fois de plus le dieu avec ses griffes acérées. Un nouvel éclair tombe sur lui le paralysant pendant quelques instants, il essaye de le mordre, Zeus lui tient la gueule avec une force titanesque, Fenrir agite à nouveau la tête pour le faire lâcher prise et lui donne un coup de patte, avant qu'elle puisse l'atteindre, la foudre tombe sur le dieu qui le fait disparaitre.

Soudain, la créature se tourne vers nous, Athéna est toujours sous le choc, allongée sur le sol, je ferme les yeux en pensant à tout ce qu'il pouvait nous faire, en les réouvrant, je m'aperçois que Fenrir a disparu.

VINGT-DEUX
DE NOUVELLES ARMES

Arès pose un genou à terre et inspire profondément :

- Athéna, tu respires à peine, on ne peut pas retourner au combat comme ça.

- On ne peut pas laisser tous nos amis mourir, je m'en voudrais toute ma vie d'avoir été aussi impuissante, répond la déesse en se levant rapidement.

Elle retombe à nouveau, elle est beaucoup trop mal en point, dans son état, nous ne pourrons pas retourner sur le champ de bataille, le voyage la tuerait …

Un bruit de portail résonne soudain derrière nous :

- Tout le monde va bien ? demande Némésis en sortant la tête.

Elle s'agenouille à nos côtés, à la vue du corps couché d'Athéna, elle cherche dans sa robe et sort une petite fiole, qu'elle lui fait boire doucement :

- Je vais bientôt être à court de nectar … j'ai dû boire une fiole pour retrouver mes pleins pouvoirs …

Athéna se redresse calmement, elle a l'air d'aller un peu mieux, mais elle reste encore très faible, je lève les yeux au ciel pour remercier je ne sais quel dieu.
Une sueur froide me traverse tout le corps, je vois les nuages se dissiper pour laisser place à un ciel d'un noir total et une pleine lune rouge écarlate, Arès se lève à son tour, je lui demande ce qu'il se passe :

- Le Ragnarök, Tela, l'apocalypse est inévitable, répond le dieu.

Un état de panique totale m'envahit, je demande de rester ici le temps que tout se termine, Athéna se relève d'un coup sec en me disant qu'il en était hors de question, mais elle s'effondre à nouveau, Némésis lui attrape le bras et l'assoie lentement sur le sol :

- Athéna, il faut se rendre à l'évidence, la guerre est finie pour toi ..., insiste la déesse.

- Non ! J'y retourne, quitte à y laisser ma peau ! exclame Athéna, en serrant le poing à terre et les yeux remplis de rage.

- Tu ne pourras jamais la changer, Némésis tu le sais bien, dit Arès en soufflant.

- D'accord ... Mais comment allez-vous vaincre Fenrir ? s'interroge Némésis.

- Je ne sais pas du tout, je ne pensais pas qu'il serait aussi féroce ... rétorque Athéna.

Je me pose à peine à l'écart, en me disant que c'était complètement du suicide et que jamais on n'arrivera à le renfermer à nouveau, une main se pose sur mon épaule et un murmure provenant d'Athéna me vient à l'oreille :

- Je suis très fière de toi Tela, en aucun cas, je laisserai Fenrir faire du mal à un de nos amis je te le promets.

Je me retourne et lui sourit, Némésis ouvre un nouveau portail et nous fait signe d'y rentrer.
On se retrouve à nouveau dans le campement, Hygie se précipite vers nous :

- Vous m'avez l'air dans un mauvais état.

- On va dire qu'on a connu des jours meilleurs, ajoute Arès en s'étirant.

- Compliqué de passer une journée plus difficile que celle-ci, rigole Athéna.

Une silhouette reconnaissable entre dans la tente, c'est notre forgeron préféré, Héphaïstos avec un gros baluchon sur le dos :

- Bonjour tout le monde, vous tombez bien c'est vous que je cherchais, dit l'homme en ouvrant son sac.

Il sort une épée avec une lame d'une couleur qui me faisait penser au ciel en ce moment, des reflets rouges scintillent sur le tranchant et un rubis brille de mille feux sur le pommeau.

Héphaïstos la tend à Arès, il a des étoiles dans les yeux comme si l'on venait de lui offrir un nouveau jouet, il jette son ancienne lame, enfin ... ce qu'il en reste.

Le forgeron sort une nouvelle arme, elle est identique à la première hormis la couleur, qui est d'un blanc étincelant, une lame bleutée et un saphir sur le pommeau, il en fait don à Athéna.

Elle pose son ancienne épée soigneusement sur la table et l'enroule d'un tissu, qu'elle met ensuite dans un coin de la tente, la déesse lance quelques coups dans le vide :

- Elle est parfaite, Héphaïstos, merci.

- Ce sont des armes créées avec des matériaux très résistants que l'on trouve dans les armes des valkyries qui sont tombées au combat, explique le dieu en levant son pouce noir souillé par la suie.

Némésis nous donne à chacun, une fiole de nectar en nous expliquant que ce sont les dernières, elle demande ensuite à Hygie d'en confectionner et ouvre une brèche, nous entrons tous les quatre avec Athéna, Eiri et Arès.

À la sortie, j'aperçois le champ de bataille du haut d'une colline, tous nos dieux sont présents, regardant le loup. La neige de Bertha commence peu à peu à fondre, laissant place à une couleur rouge au sol, la lune accentue encore plus cette nuance. En regardant au sol, j'aperçois un visage familier, le corps de Ull ... en tout cas ce qu'il en reste ...

Artémis observe le loup rugissant au loin :

- Fenrir est déchainé, qu'est-ce qu'il se passera quand il aura décimé tous les Nordiques ? demande la déesse.

- On ne peut pas attendre malheureusement, il devient de plus en plus fort, nous devons nous joindre au combat et rapidement l'enchainer avant qu'il soit trop puissant, répond Athéna

- Ça valait le coup de le libérer pour l'emprisonner juste derrière, grogne Hadès.

- Tu avais une autre solution ? dit Athéna d'un ton ferme.

- Écoute … Depuis le début, j'essayais de te faire comprendre que c'était la pire idée que tu n'aies jamais eue, ajoute le dieu des enfers.

- Maintenant, c'est fait on ne peut pas revenir en arrière, on va faire avec, donc arrête de rejeter la faute sur tout le monde, souffle Artémis.

Sans hésiter, Athéna brandit son épée et descend la colline.

VINGT-TROIS
PREPAREZ LES PARAPLUIES

Nous n'avons même pas le temps de tous descendre que la foudre tombe déjà sur la déesse, qu'elle esquive rapidement.
Zeus apparait de nouveau devant elle, je crois qu'il ne nous laissera jamais tranquilles … Il disparait avant de se faire écraser par une patte de Fenrir.
Artémis descend à son tour, suivie par tous les autres, je n'ai pas le temps de poser un pied devant moi que tout devient noir et froid, en l'espace d'une seconde je me retrouve à plusieurs mètres, éloignée du champ de bataille. Je prends une

grande inspiration et me prépare à courir pour y retourner, soudain une trombe marine me coupe dans mon élan, un vent froid parcourt tout mon corps, cette sensation ne m'est pas inconnues, un murmure se glisse dans mon oreille :

- Tu ne comptais pas t'en tirer et me fausser compagnie comme ça quand même ?

Je perçois un bruit de cascade, en me retournant je vois un geyser d'au moins deux mètres de hauteur très proche de moi, le jet commence à se calmer, laissant Ran, toujours vêtue de sa longue robe bleue apparaitre à l'intérieur accompagnée de nuages, d'un torrent de pluie et de vent.
Elle s'approche de moi en marchant, la déesse ouvre sa main droite créant un tourbillon autour de son bras dévoilant son épée, elle pointe son arme en face de moi, une goutte de sueur coule le long de ma joue. En un battement de cils, elle se trouve à quelques centimètres de moi, sa lame toujours pointée, mais cette fois-ci au-dessus de mon épaule. Cependant, je

sens tout à coup un vent frais émaner de son arme, une bourrasque me balaye comme une feuille morte d'un arbre en pleine tempête, me projetant contre un mur encore debout à la suite des multiples combats. La violence de la collision me donne un grand mal de tête.

Je n'ai même pas le temps de me remettre de son coup, qu'elle apparait encore une fois devant moi pour me relancer une attaque que j'esquive rapidement en me baissant, la bâtisse derrière moi se brise en morceaux, je me relève et lui porte un coup d'épée qu'elle arrive facilement à éviter. Ran tend sa paume de main, aspire de l'eau de pluie et me lance un jet puissant me faisant tomber à la renverse.

Des larmes perlent sur mes joues, Lith … Pourquoi ne viens-tu pas m'aider cette fois-ci ? J'ai besoin de toi. Une nouvelle bourrasque me fait rouler au sol, les ricanements de Ran se mêlent à mes pleures. Elle se trouve au-dessus de moi en levant son arme, je tente de me protéger en mettant mes mains devant mon visage, soudain elles se désintègrent et éjecte la déesse.

Une phrase résonne tout à coup dans ma tête :

- Je vais devoir te laisser la place et partir définitivement, car il y a qu'une seule Tela.

Je respire un grand coup, maintenant je sais que je dois me battre seule et sans personne, je regarde aux alentours, quelques corps inanimés se trouvent autour de nous, je me concentre et écarte les bras, des particules noires s'échappent des cadavres les faisant disparaitre, elles se collent à mon dos, je découvre une sensation que je n'avais jamais sentie, comme si un muscle supplémentaire est venu s'ajouter.

Des ailes de poussières noires battent derrière mes omoplates, Ran se jette sur moi, je m'envole et lui lance une vague de particules, elle créer une barrière aquatique les faisant voler, j'atterris devant elle et forme une tornade autour de moi qui repousse la déesse.

Elle redonne un coup dans le vide, une

bourrasque surgit tranchant le sol et se dirige vers moi, je l'esquive de justesse me coupant quelques mèches de cheveux.

Je m'attaque à elle en portant plusieurs coups d'épée, elle recule sans arrêt. Je créer un mur de matières noir derrière l'empêchant d'esquiver, elle se baisse pour éviter mon dernier assaut, je lui assène un coup de genou qu'elle bloque avec son avant-bras laissant échapper son arme. Elle roule sur le côté pour la récupérer, à ce niveau-là, le combat ne va jamais se terminer, elle tend sa main vers moi et m'envoie un geyser que je bloque aussitôt, un vent violent apparait derrière moi, qui m'entaille la joue et les bras, mes particules recouvrent entièrement mes blessures.

Ran forme une aura aquatique autour de son épée, elle fait un tour sur elle-même et me lance un gigantesque tourbillon, je me mets à genoux et créer un dôme pour me défendre de l'impact, ma bulle se décompose par la puissance de son coup, mais je suis saine et sauve.

La déesse entrelace ses mains, un vent chaud s'accumule autour d'elle, je rassemble mes dernières forces pour me protéger, un cyclone apparait suivi d'un cri de douleur, ma barrière se forme, elle cède, mais absorbe un peu le choc, je me fais seulement projeter, je lève la main au ciel, mes particules se transforment en aiguilles et foncent sur Ran qui n'a plus assez de force pour tenter quoi que ce soit.
Elle disparait dans une petite tornade, elle se reproduit à quelques mètres de moi, en regardant de plus près, je vois le corps de la déesse au sol couverte d'entaille, la pluie s'arrête tout à coup, les nuages se dissipent laissant place à la lune rouge de Fenrir.

Je tombe en arrière après ce combat qui était vraiment très éprouvant pour moi, je cherche dans ma poche et trouve la fiole de nectar que Némésis nous a donné, qui n'a pas cassé par chance avec le combat. Je la bois, une vague de chaleur m'envahit, mes dernières blessures que je n'arrivais pas à soigner se referment directement, la fatigue me quitte peu à peu.

Je ne dois pas baisser les bras, je vais maintenant retourner sur le champ de bataille.

Pendant le chemin, j'examine les alentours, la guerre a laissé beaucoup de séquelles sur la belle nature d'autres fois, il ne reste plus que de la poussière, des gravats, des corps sans vie.
Des grondements se font entendre, en arrivant, Athéna et Arès se trouvent dos à moi, ils observent tous les deux Fenrir, la déesse se retourne et me regarde.
Un cri se mélange aux grognements du loup, Odin combat la bête avec rage, le loup lui donne un coup de patte avec ses griffes acérées, il arrive à arrêter l'attaque d'une force titanesque faisant voler sa cape.
Athéna me sourit :

- Je savais que tu y arriverais Tela !

Je n'ai pas le temps de prononcer un seul mot, qu'un éclair tombe à quelques mètres, Athéna me pousse vers l'arrière me faisant chuter, la foudre s'abat entre nous. Dans la fumée de l'impact, une silhouette se dessine, c'est le dieu de la foudre nordique armé de son marteau qui se dresse devant moi.

Arès s'interpose entre nous, je me relève brusquement, la déesse me repousse de nouveau vers l'arrière, ses yeux sont de nouveau remplis de colère, Thor ricane, elle dégaine sa lame et me prononce seulement une phrase que je peine à entendre :

- Mets-toi à l'abri, je m'en occupe.

Je cligne simplement les yeux, elle se retrouve déjà devant le dieu nordique, elle tente de lui donner un coup d'épée, mais il disparait aussitôt, Arès la rejoint sans attendre, ils se mettent dos à dos pour éviter une attaque-surprise, l'orage gronde à nouveau, la foudre frappe le sol entre les deux, ils réussissent à esquiver juste à temps, Thor apparait à côté d'Athéna qui ne pas eu le temps de se remettre en garde. Le dieu de la guerre plante son épée au sol et arrive en un éclair pour lui asséner un coup, qu'il pare avec son avant-bras, une onde de choc émane de Thor qui les fait tomber à la renverse. Arès se relève et frappe le sol qui créer un séisme. L'attaque se dirige tout droit devant son adversaire, un éclair se fait une fois de plus entendre et tombes sur la secousse, la poussière se dissipe et je vois Zeus se tenir devant le dieu nordique.

VINGT-QUATRE
QUELQUES TENSIONS

En voyant le dieu, je commence à vouloir dégainer Anagénnisi, j'observe Athéna, le regard qu'elle lance à Zeus me fait tout de suite comprendre que je ne devais pas intervenir et rester sagement en retrait.

Les deux dieux de la foudre brandissent leurs armes respectives, une puissante explosion balaye absolument tout autour d'eux, je vois Arès récupérer son épée et frapper le sol à l'aide du pommeau faisant sortir un rocher gigantesque de la terre sous nos pieds pour se protéger lui et Athéna, je décompose mon bras pour me protéger en créant un bouclier, même avec ma défense, mes muscles entiers se tendent, mes jambes me lâchent, je frissonne et ferme les yeux le temps que l'onde de choc s'arrête.

Une fois le cataclysme passé, je récupère mon bras et vois avec horreur l'étendue des dégâts, il reste simplement un cratère, une terre aride, sans neige, sans corps, sans ruine, le néant.

Athéna et Arès se trouvent encore derrière leur roc s'effritant petit à petit, la déesse sort de sa protection et donne un coup dans l'air, entaillant le sol en ciblant le dieu grec, Thor s'interpose avec son marteau bloquant son attaque ne bougeant pas d'un poil.

Zeus se téléporte de plus belle derrière la déesse, il lui lance son éclair, Arès le bloque à temps avec la tranche de sa lame, ils se retrouvent encerclés, il jette à nouveau sa foudre, mais cette fois-ci en direction de son allié avant de disparaitre, Thor le récupère et le fait voler en direction d'Athéna avant de partir à son tour.

Elle se défend à l'aide de son épée et fait ricocher l'éclair, Zeus surgit d'en haut et répète la même opération plusieurs fois de suite, une fois Thor, l'autre fois Zeus, cette scène est insupportable à regarder et s'enchaine sans relâche, je vois Athéna et Arès s'affaiblir de plus en plus, je me demande ce que la déesse aurait voulu que je fasse, est-ce que je peux les laisser s'éteindre comme ça petit à petit ?

Soudain, le dieu de la guerre éclate le sol sous ses pieds à l'aide de son poing, la terre s'ouvre autour d'eux éjectant les deux adversaires, Athéna fonce sur Zeus au moment où il retombe, il tente de lui porter un coup, Arès le bloque et lui tient le bras, la déesse l'attaque à la cheville avec son pied le faisant tomber, notre dieu en profite pour le frapper au sol pourfendant la terre autour de lui, Zeus s'est échappé avant d'être touché.

Il est de nouveau au côté de Thor, ils frappent à leur tour, une décharge électrique fonce sur Athéna et Arès, ils se décalent tous les deux pour éviter.

Cependant pendant son esquive, l'éclair vient frapper Arès de plein fouet, totalement paralysé, le regard au sol, le corps fumant, il ne bouge plus.

Athéna s'approche de lui, il relève soudainement la tête et son armure tombe en morceaux, elle est tellement lourde qu'elle s'enfonce dans le sol, de là où je suis, je vois ses muscles se congestionner, je ne le voyais pas aussi musclé avec toute cette taule.

Il se prépare à courir quand tout à coup, je ne le vois plus, il est déjà devant Thor, il tente de le frapper, le dieu essaye de le parer avec son marteau, mais il se brise au contact du poing d'Arès et il se prend le coup, l'éjectant sur plusieurs mètres. C'était la fin de son combat durement mené, il ne reste plus que son corps sans vie. Les muscles d'Arès se relâchent et il pose un genou à terre, épuisé.

Le dieu encore en vie profite de son moment de faiblesse pour l'attaquer avec son éclair, Athéna dévie l'assaut et l'arme du dieu vient s'écraser sur une colline à ce qui semblait être à des kilomètres. Je cours au côté d'Arès, Zeus le regarde et ricane.

Une aura dorée à peine perceptible émane de la déesse, elle jette son épée dans les airs et se lance sans hésitation contre Zeus.

Athéna enchaine une multitude de coups de pied et de coups de poings qu'il parvient à esquiver sans trop de difficultés, au moment où son épée retombe, elle la récupère et l'abat sur Zeus qui lui fait perdre quelques cheveux blancs.

Il recule, la lueur autour d'Athéna devient de plus en plus intense, elle plante sa lame dans le sol, de gigantesques halos lumineux émanent de la terre jusqu'à lui, il tend le bras pour faire réapparaitre son éclair et bloque son attaque.

La déesse me lance un regard et essaye d'éloigner son adversaire, je cours en direction d'Arès pour l'aider, il peine à parler :

- Tela … Aide … Athéna …, dit-il en s'écrasant au sol.

Je vérifie son pouls, il est faible, mais ses jours ne sont pas en danger, je fouille dans les débris de son armure, trouve la fiole de nectar et lui donne, le cri d'Athéna s'entend à côté de moi, quand je tourne la tête, je l'aperçois à terre avec Zeus brandissant sa foudre au-dessus d'elle.

Je me rue pour m'interposer, Athéna roule pour se décaler et se relève en esquivant le coup du dieu. Je dégaine Anagénnisi et me lance à l'assaut, il pare mon attaque à l'aide de son éclair.

Soudain, une pluie torrentielle s'abat sur nous, un vent violent balaye les gravats, Zeus lève les yeux au ciel et disparait, Athéna court vers moi :

- Tela regarde en haut, crie-t-elle en levant le doigt.

Une ombre gigantesque se dessine derrière les nuages, les grognements de Fenrir s'arrêtent tout à coup.

Un bruit apparait derrière nous, Arès qui semble aller beaucoup mieux, Némésis apparait en sortant d'un portail, la déesse habillée de sa longue robe rouge qu'elle tenait bien fermement pour éviter qu'elle ne s'envole nous crie :

- Nous devons quitter le champ de bataille tout de suite ! hurle Némésis en ouvrant une seconde brèche.

Je ne comprends pas ce qui se passe, mais je les suis à l'intérieur, nous atterrissons dans la tente, tous les dieux sont déjà présents, Eiri prend la parole :

- Pourquoi nous réunir ici alors que Fenrir est encore en liberté Némésis ?

- Une chose beaucoup plus dangereuse se trouve à l'instant même au-dessus de notre tête, réplique la déesse.

- Ce n'est pas possible que ce soit lui, je l'ai enfermé moi-même avec l'aide de Zeus, affirme Poséidon.

- La puissance des combats… Toute cette énergie a sûrement dû le réveiller, souffle Athéna.

Je regarde autour de moi, tout le monde avait l'air inquiet, pour moi c'est un simple orage rien de plus, soudain une image que j'avais vue dans un bouquin pendant mon séjour à l'infirmerie me vient tout de suite à l'esprit, cette silhouette ne m'est pas inconnue… Typhon.

VINGT-CINQ
UNE NOUVELLE ENTITE

Un silence de mort apparait dans la tente, Athéna, dos à tout le monde essaye de trouver une solution, seuls Zeus et Poséidon ont déjà eu affaire à
Typhon, mais sans le premier dieu du duo, il est impossible de répéter cette expérience.

La déesse se retourne et pose ses poings sur la table :

- J'ai une solution, cependant Hadès... Tu vas devoir me faire confiance sur ce coup-là.

- Propose, s'interroge le dieu.

- Je ne comptais pas en arriver là, mais … Tela a déjà réussi à contrôler une entité, pourquoi ne pas recommencer ?

- Tu veux vraiment faire porter notre monde entier sur les épaules d'une femme qui ne savait rien de nous il y a peine quelques mois ? s'exclame Hadès

Je tourne la tête pour ne pas croiser son regard qui me mettrai mal à l'aise.

- Moi, je lui fais confiance, s'avance Poséidon.

Tout le monde acquiesce, le dieu des enfers reste cependant en retrait pour montrer son mécontentement, Hypnos est neutre et ne se joint à personne.
Athéna s'approche de moi et chuchote à l'oreille :

- Je ne veux pas te contraindre à le faire si tu n'as pas envie, murmure-t-elle.

Je lui réponds d'un hochement de tête, je ne sais pas comment ni où, je vais récupérer cette fameuse entité, mais si elle a suggéré cette proposition, c'est qu'elle a un plan.

Héphaïstos interrompt mes pensées et les discussions entre les différents dieux, il demande à Arès de récupérer une nouvelle armure flambant neuve identique à son ancienne qu'il vient de forger.

Pendant ce temps, Athéna discute avec Némésis qui lui donne une pierre ainsi que deux fioles de Nectar, que la déesse glisse directement dans ses poches arrière de son jeans.

Elle ouvre alors un portail et nous invite à le franchir, je passe après Athéna et Arès en dernier qui fait le fier en affichant son large sourire et montrant sa nouvelle tenue.

Nous arrivons sur une ile minuscule, j'examine les alentours, une grotte se dresse devant nous, il n'y a rien d'autre autour, simplement un ilot sur lequel nous nous trouvons, la mer est très calme, le soleil brille, je me doute que nous sommes extrêmement loin du champ de bataille.

Athéna sourit et me dit :

- Bienvenue sur l'ile de Chaos, ce lieu est

inconnu de tous, elle est gardée par Némésis depuis sa naissance, sans son intervention, il est impossible de s'y rendre, c'est entre autres une deuxième dimension.

Je lui demande pourquoi l'ile de Chaos, Arès coupe la parole à Athéna :

- Chaos est l'entité primordiale, toutes nos générations précédentes sont apparues grâce à lui, c'est un peu comme le dieu dans votre monde.

Une lueur blanche émane de la poche d'Athéna, elle sort la pierre que Némésis lui a confié, elle entre doucement dans la grotte suivie de près par Arès et moi. Nous arrivons dans un cul-de-sac, il y a que de la roche, de la mousse et surtout une odeur d'humidité qui me remplit le nez, c'est insupportable !
Je demande alors à Athéna ce que cette ile a de si spécial, elle se retourne :

- Cette ile abrite depuis des millénaires, les pouvoirs de Chaos, jamais personne n'a essayé de les contrôler… Nous pensions qu'il était impossible de bénéficier de la puissance des entités, tu es différente

Tela, depuis le premier jour où je t'ai rencontré, accompagnée de Lith, même si tu n'étais pas à l'aise avec ce monde, ton cœur était pur, je savais que tu allais surpasser les dieux et c'est aujourd'hui.

Athéna s'agenouille vers un roc rempli de mousse, elle le frotte, des inscriptions illisibles scintillent de la roche. La déesse commence à prononcer des mots incompréhensibles sonnant comme du grec ancien.

Le mur du fond de la grotte tremble et se coulisse pour laisser place à une grande pièce, beaucoup plus propre que le reste de la vieille caverne, la pierre de Némésis nous éclaire comme en plein jour, des symboles englobent toute la salle du sol jusqu'au plafond.

Quatre braséros formant un carré se trouvent au milieu de la pièce, Athéna donne une fiole de Nectar à Arès et prend une grande inspiration :

- Tela, met toi au milieu s'il te plait, fais-moi confiance, tu ne crains absolument rien, Arès tu te souviens de la marche à suivre ?

Arès acquiesce de la tête sans ouvrir la bouche, il se place entre moi et un feu, Athéna se positionne à l'opposé du dieu. Tous les deux m'affichent un large sourire, ils dégainent leurs épées et s'entaille la main, ils lèvent leur bras au-dessus des brasiers, quelques gouttes de sang tombent à l'intérieur. Les deux dieux prononcent des mots qui ressemblent énormément au passage lu par Athéna, ils versent ensuite quelques gouttes de Nectar dans les braséros qui s'enflamment directement, deux flammes d'une couleur or dansent autour de moi.
Ils réitèrent le rituel une seconde fois sur les deux derniers, soudainement je sens une chaleur me prendre dans la poitrine, je tombe, les genoux et la tête au sol à cause de la douleur, tout s'assombrit.

Je me retrouve à nouveau debout sans savoir où je suis, une lumière éblouissante perce les ténèbres, une mer calme se trouve en dessous de moi, la lueur s'éloigne petit à petit, je la suis calmement.

Un murmure résonne soudain tout autour

de moi :

- Qui es-tu ? Que cherches-tu ?

- Je m'appelle Tela, je voudrais m'adresser à Chaos, l'entité mère de toutes choses.

- De quoi veux-tu me parler ?

- Je suis ici pour représenter les dieux, vos enfants.

- Tu ne viens pas de ce monde. Malheureusement, je ne peux pas t'aider, tu ferais mieux de retourner de là où tu viens.

La lumière s'éloigne de plus en plus rapidement, je cours derrière, tout le monde compte sur moi, je ne dois pas échouer. J'arrive à la rattraper :
- S'il vous plait, entendez seulement ce que j'ai à vous dire ... Notre monde court un grave danger, une guerre éclate entre notre monde et celui des Nordiques, Fenrir est libéré ainsi que Typhon, si nous ne faisons rien, ça serait une catastrophe.

- Fenrir, dis-tu ?

- Un loup nordique qui est signe d'apocalypse.

- Zeus est là, il a réussi à enfermer Typhon, il pourra le refaire, ainsi que s'occuper de Fenrir.

- Zeus n'est pas de notre côté, il s'est allié aux Nordiques.

- Es-tu certaine de ce que tu avances ?

- Oui malheureusement.

- Je ne peux pas le laisser détruire tout ce que j'ai créé, je suis une entité primaire, je ne peux donc pas me matérialiser ou même prendre possession du corps d'un homme... Cependant je le vois dans ton cœur, tu es une personne de confiance, tu n'hésiteras pas à mettre ta vie en jeu pour venir en aide à ma création. Je te donne mes pouvoirs, fais-en bon usage.

- Merci, vous ne le regretterez pas.

La lumière disparait, je suis revenue dans la salle, Arès et Athéna sont assis contre le mur se tenant chacun leur main pour stopper l'hémorragie, je fonce vers eux, je dissous la mienne pour penser leur plait, enfin... Je pensais la dissoudre, elle est intacte, les particules referment immédiatement leurs blessures, Athéna observe ses doigts :

- Tu as réussi Tela, grâce au pouvoir de Chaos, tu peux maintenant créer de la matière.

- Félicitations, Tela, applaudit Arès

Je leur souris, la déesse récupère la pierre qu'elle brise en la serrant dans son poing, un portail de
Némésis apparait, nous nous retrouvons à nouveau dans la tente, plus personne ne s'y trouve.

Je pousse la toile pour pouvoir sortir, tous les dieux sont dehors à scruter le ciel sous une pluie torrentielle. Arès et Athéna me rejoignent, j'examine les nuages, quand soudain deux ailes gigantesques les transpercent, suivis d'une queue de serpent gargantuesque.

Typhon décide de faire son entrée.

VINGT-SIX
VISION DE CAUCHEMAR

Athéna me regarde, pendant que la créature descend de plus en plus rapidement du ciel, une multitude de cris d'animaux composés de plusieurs espèces se font entendre. J'arrive à discerner le rugissement du lion, un sifflement de serpent et surtout des voix parlant une langue incompréhensible.

Des centaines de reptiles sortent eux aussi la tête de la brume, fermement accrochés à son corps humanoïde qui semble beaucoup plus musclé que celui d'Arès, son cou est orné d'une fourrure grisâtre.

Son visage transperce enfin les nuages,

laissant place à un véritable cauchemar, une tête d'âne gigantesque munie d'une gueule remplie de crocs acérés et d'immenses globes oculaires jaunes qui nous regarde fixement. Odin a disparu sans que personne ne s'en rende compte, quant à Fenrir, il s'éloigne rapidement pour se cacher.
Eiri nous rejoint :

- Athéna ? Qu'est-ce qu'on fait maintenant ? demande la fille de Poséidon.

- Nous n'avons pas vraiment le choix … Tout le monde doit se mettre à l'abri, nous allons nous en occuper, répond la déesse.

- J'ai aidé Zeus à l'époque Athéna, je dois vous accompagner, ajoute le dieu des mers.

- Papa, les combats t'ont énormément fatigué, tu devrais aller avec tout le monde, je suis ta fille, ton sang coule dans mes veines, nous allons nous en sortir, rétorque Eiri.

- Il est vrai que le temps m'a énormément endommagé, Athéna je te confie ma fille, prend soin d'elle s'il te plait.

Elle lui fait un signe de la tête, Némésis ouvre un portail, tous les dieux entrent à l'intérieur et nous souhaite bonne chance avec un sourire radieux avant de s'engouffrer dans la faille à son tour.

Nous nous regardons tous les quatre, Arès pose la main sur le pommeau de son épée et se retourne dans notre direction :

- Nous devons élaborer un plan pour vaincre Typhon, affirme le dieu.

- Un plan ? Pour quoi faire ? Il n'y a aucune stratégie à mettre en place, nous n'avons pas le temps et ça finit toujours mal quand on prépare une attaque, s'esclaffe Athéna.

Typhon rugi de nouveau, des flammèches sortent des deux côtés de sa gueule, au moment où il dessert ses crocs, des flammes d'une taille incommensurable se projettent sur nous, Eiri s'interpose en claquant des mains pour créer une bulle, nous protégeant d'une rôtisserie assurée. Le sol rocheux autour de nous fond peu à

peu, pendant un instant je me crois à l'intérieur d'un volcan prêt à s'éveiller d'une minute à l'autre. La fille de Poséidon lance une attaque, une vague démesurée s'abat sur Typhon, qui lui fait autant d'effet qu'une goutte d'eau tombant sur sa peau. Nous nous lançons à l'assaut avec Athéna et Arès, il commence à battre des ailes pour s'envoler, la puissance du vent nous repousse en arrière, il atterrit à quelques mètres de nous, au moment de l'impact, la terre éclate et nous recevons des éclats de la taille d'un rocher. Je nous protège en créant une barrière de particules, Athéna sort directement et s'attaque au monstre, elle lui donne un coup d'épée qui le touche de plein fouet, mais sans résultat, il est toujours intact sans aucune égratignure. Les serpents attachés à son corps remuent et sifflent de plus en plus fort, je lance alors un tas d'aiguilles en direction des têtes de reptile, il ferme ses ailes pour se protéger.
Typhon lève à nouveau son poing et l'abat sur Arès, il arrive à le retenir de justesse, il s'enfonce rapidement dans le sol et

s'écarte avant qu'il ne soit trop tard, soudain un bruit d'aile se mélange au fracas du monstre. C'est Hermès qui revient enfin de son expédition avec un sac en toile de jute à la main, il se prend un coup perdu d'aile de Typhon qui l'arrête instantanément dans sa course en s'écrasant au sol, Athéna le récupère rapidement avant qu'il ne se fasse écraser.

À terre, le nez en sang et une dent en moins, il tend son sac à la déesse et s'excuse de son retard, ses chaussures battent à nouveau des ailes et tente de l'emmener loin du combat, son corps trainant au sol. Le contenu de la sacoche semble très suspect, la toile bouge sans arrêt parfois plutôt violemment, je regarde Athéna :

- Méduse, répond la déesse.

- Qu'est-ce qu'on va en faire ?

- Pétrifier cette bestiole, affirme Eiri.

Elle ouvre le sac et sort la tête d'une très belle femme coiffée d'une multitude de serpents en guise de cheveux, elle le pointe ensuite en fasse de Typhon. Absolument rien ne se passe, la créature bouge toujours autant et nous le fait très vite remarquer en écrasant son poing en face de nous.

Tout le monde recule, mais la violence du coup fait tomber la tête de Méduse des mains d'Athéna, je cours pour la récupérer, mais la longue queue de serpent qui lui sert de jambe l'écrase aussitôt. Je n'imagine pas toutes les épreuves qu'Hermès a dû affronter pour finalement perdre son trophée au bout de quelques minutes. Je dégaine Anagénnisi et essaye de transpercer Typhon, sa peau est tellement solide qu'elle éjecte mon arme hors de mes mains, je forme mes ailes, la récupère au vol et je rejoins les autres.

Arès croise les bras :

- Quelqu'un à un autre plan ? s'interroge le dieu.

- La seule attaque qu'il a bloquée était celle de Tela qui ciblait ses têtes de serpent, c'est surement son point faible, dit Athéna.

- Mais il y en a une centaine, ajoute Eiri.

- Nous allons devoir nous en occuper une par une, affirme la déesse.

La fille de Poséidon sourit, tend sa main sur le côté, un tourbillon surgit à son extrémité et une épée en acier avec plusieurs symboles sur le flanc apparait :

- Très bien... Allons-nous occuper de ces têtes ! proclame Eiri.

VINGT-SEPT
ESCALADER UN IMMEUBLE

La mobilisation d'Eiri nous motive tous les quatre, mes ailes se reforment, je m'envole et me rue sur Typhon, il grogne et nous relance des flammes que j'arrive à esquiver, je me retourne et lance une barrière pour protéger mes compagnons, la créature me donne un coup d'aile si violent qu'il me cloue au sol en une fraction de seconde, je me relève tant bien que mal. Eiri court face au monstre, je créer des marches pour l'aider à atteindre le haut de son corps, il se protège de nouveau faisant s'envoler des gravats, la jeune déesse tombe d'une dizaine de mètres, le dieu l'attrape avant qu'elle s'écrase au sol. Athéna se lance à son tour en donnant un coup d'épée dans le vide, un halo lumineux fonce directement sur les têtes, il se couvre encore une fois, cependant l'assaut de la déesse réussit à lui faire une simple entaille qu'il n'a pas l'air de sentir.

Arès plie les genoux et d'une force titanesque saute jusqu'à la gueule de la créature, son armure doit être aussi légère qu'une plume pour faire un bond comme celui-ci, il lui décoche un coup de poing, Typhon secoue la tête frénétiquement et lui rend le coup porté, je le récupère rapidement dans les airs et le repose sur la terre ferme.

Athéna nous regarde :

- On ne va jamais s'en sortir, il est bien trop résistant ! crie la déesse.

- Pourtant il le faut ! ajoute Eiri.

- Il faudrait arriver à lui bloquer ses ailes ! rétorque Arès.

- Si ce n'est que ça !

Je joins mes doigts, des particules se forment autour de Typhon et lui entoure les ailes, j'écarte à présent les mains, ses membres qui lui servent à voler se retrouvent bloquées en arrière, Eiri créer un geyser pour monter et arrive à lui couper une tête, le monstre hurle, arrive à se défaire de ses liens et envoie notre amie à plusieurs mètres de là.

Nous courons à son secours, elle est à terre, Arès lui relève le haut du corps, elle nous dit que tout va bien qu'elle est juste un peu sonnée, Athéna l'aide à se relever doucement :

- Tu peux encore te battre Eiri ? demande la déesse.

- Oui … Enfin, je crois, répond la fille de Poséidon.

Typhon se retrouve de nouveau juste devant nous et frappe ses deux poings au sol, Arès arrive à en arrêter un et j'arrête le deuxième avec mes particules.

Athéna saute sur son bras pour atteindre facilement son tronc, il se recule et secoue son corps pour la faire tomber, elle se fait projeter dans les airs, mais arrive à lancer une vague de lumière, ses ailes commencent à se refermer, le dieu saute de nouveau et bloque sa défense en retenant ces dernières.

Une dizaine de têtes tombent les unes après les autres, Typhon gémit et semble souffrir énormément, il envoie une fois de plus Arès en l'air, il arrive à se redresser et à atterrir en s'enfonçant dans le sol.

La créature nous regarde d'un air féroce, il s'envole tout à coup et se prépare de nouveau à cracher des flammes, nous nous regroupons tous ensemble, Eiri utilise ses pouvoirs aquatiques pour nous protéger, la barrière se dissipe peu à peu, Typhon se retrouve déjà face à nous et nous donne un coup de queue.

Nous roulons sur plusieurs mètres au sol, la petite déesse des mers semble épuisée depuis la dernière attaque de la bête.

Athéna lui propose de rester ici, le temps que nous nous occupions de lui, elle hoche seulement la tête, plus aucun mot ne sortant de sa bouche.

La pluie frappe de plus en plus fort, nous

avons du mal à nous déplacer dans la terre souillée par tous ces combats, maintenant que je peux utiliser les pouvoirs de Chaos, je créer plusieurs passerelles autour de Typhon qu'il essaye de détruire, ses poings éventrent les plates-formes, mais elles se reconstituent immédiatement. Arès et Athéna utilisent ces dernières pour arriver directement à la tête du monstre, le dieu de la guerre saute sur son épaule et d'un coup ferme, le prive encore de quelques serpents.

Plus son nombre de têtes diminue, plus il a l'air menaçant, je prends mon envol et lui lance une onde tranchante de particules, mon attaque lui sectionne une bonne partie de son aile gauche, Athéna profite de l'endroit où il ne peut plus se défendre pour l'amputer de quelques têtes supplémentaires.

Ce qu'il reste des ailes de Typhon nous pousse de nouveau, il lève les bras au ciel, la terre se fissure et des rochers d'une taille inimaginable se lie au-dessus de ses mains pour former une montagne, Athéna nous arrête :

- Si l'on a le malheur de se prendre ce rocher, on est foutu ! crie la déesse.

- On ne peut pas le détruire ? demande Arès.

- Vu la taille et le volume qu'il prend de seconde en seconde, on ne pourra pas le détruire et si l'un d'entre nous essaye, il va y laisser sa peau !

- Plus personne ne mourra aujourd'hui, on peut bien trouver une autre solution ! ajoute Athéna.

Il me semble que je n'ai pas le choix, je m'avance devant Typhon, il me regarde avec une très grande colère, les sifflements de serpents s'entendent de plus en plus.

Mes ailes se reforment encore, c'est peut-être la dernière fois, Athéna tente de m'arrêter, mais je ne l'écoute pas, mon but dorénavant est de sauver le plus de vie possible, même si pour ça je dois y laisser la mienne… Je ferme les yeux et me jette avec fureur sur son ro

VINGT-HUIT
LE POUVOIR DE LA NATURE ET DES ENFERS

Au bout de quelques secondes, je ne ressens toujours aucun impact, j'ouvre les paupières, Typhon et sa montagne sont toujours là, je me retrouve toujours aux côtés d'Athéna, Arès et Eiri, mais aussi avec Némésis, elle me lance un regard derrière ses longs cheveux noirs :

- J'arrive à temps, ton sacrifice n'aurait servi à rien.

Elle ouvre de nouveau des portails, Artémis et Hadès se joignent à nous, la déesse s'étire en levant les bras aux ciels et replace sa mèche de cheveux roux derrière son oreille en disant qu'elle commençait à s'ennuyer, les retrouvailles sont de courte durée. La bête rugit et nous lance son rocher directement, Némésis concentre toute son énergie et créer une brèche immense qui engloutit une grande partie du roc, le reste s'écrase au sol, tout comme la déesse épuisée.

Athéna se jette à son secours, pendant qu'Artémis et Hadès s'avancent devant la bête, le dieu des enfers touche le sol et ferme les yeux, la déesse de la nature quant à elle, siffle à l'aide de ses doigts pour appeler les animaux de la forêt. Je regarde aux alentours, les combats ont complètement réduit à néant la faune sauvage à des kilomètres à la ronde.

La terre commence à bouger, elle se creuse à une multitude d'endroits, des corps d'animaux en décomposition ou désossés remontent à la surface, les pouvoirs d'Hadès sont très surprenants. Artémis pousse un cri qui déchaine ses bêtes, elles se jettent toutes sur Typhon, il est malheureusement tellement grand qu'elles peuvent seulement s'attaquer à la queue de serpent qui lui sert de jambes.

Il se débat, balayant tout autour de lui, Artémis pose les mains à terre, des ronces immenses ligotent le monstre, Athéna monte dessus pour pouvoir l'attaquer sur sa partie supérieure, Typhon lève les bras, mais ils se retrouvent aussitôt noués avec son membre inférieur, l'attaque de la déesse fait mouche, plusieurs têtes tombent, la créature hurle le martyre, il ne nous reste encore quelques serpents avant d'en venir à bout. Il arrive à se défaire de ses liens et à battre des ailes, une forte bourrasque vient nous clouer au sol avant qu'il ne décolle difficilement, Artémis se relève directement et décoche une flèche dans les airs, une pluie de dard s'abat sur lui, les projectiles lui trouent son aile intacte et il s'écrase par terre, Hadès frappe le sol, une nuée de mains sortent d'outre-tombe et maintiennent Typhon.

Nous nous approchons doucement et finissons sans tarder les têtes qui lui reste, la créature est totalement inerte, plus aucun son ne sort de sa bouche, on dirait bien qu'il est définitivement vaincu. Hadès touche son corps sans vie, les mains l'entrainent doucement dans la terre jusqu'à ce que Typhon ne soit qu'un souvenir parmi tous les autres.

Nous n'avons pas le temps de souffler que le hurlement de Fenrir retentît de nouveau à une centaine de mètres de nous, Arès souffle :

- On ne pourra jamais avoir un peu de tranquillité ?

- Pas aujourd'hui, affirme Athéna.

- Dites-vous qu'il ne reste que Fenrir, après tout sera fini, ajoute Artémis.

- Vivement, rétorque Eiri.

Némésis retrouve peu à peu ses esprits et relève son buste, Athéna lui annonce que c'est terminé,

Typhon est mort, mais qu'il reste encore Fenrir, elle fouille dans une poche de sa longue robe rouge, elle sort une fiole de nectar, elle la boit pour reprendre des forces, Artémis nous appelle pour regarder le loup à peine plus loin, une silhouette portant quelque chose à la main se dessine derrière lui, Athéna demande à Némésis de se reposer un instant et nous rejoint :

- Odin, dit Athéna.

- Qu'est-ce qu'il a dans sa main ?

- Je n'arrive pas bien à distinguer la forme, Artémis ? Tu arrives à voir d'ici ? demande Hadès.

- On dirait une sorte de fil, répond la déesse.

- Gleipnir, coupe Arès.

- C'est impossible, j'ai détruit Gleipnir !

- Il l'a recréé, je ne vois pas d'autres explications.

Odin se jette sur Fenrir, le loup lui assène un coup de patte qui le couche sur le côté, il lève Gleipnir, la bête hurle et l'attaque une nouvelle fois, qui éjecte son adversaire, la créature se relève et tente de le mordre, Odin retient sa gueule d'une force titanesque, il secoue le museau propulsant le nordique dans une montagne.

Le loup tombe à la renverse, le dieu se retrouve déjà sur lui essayant de l'enchainer, il se débat et fait voler Odin dans les airs avec le fil entre ses crocs qu'il découpe d'un coup de mâchoire.

La bête hurle à la lune, soudainement Fenrir grossit à vue d'œil ce qui le rend encore plus menaçant, Athéna se retourne :

- Nous devons l'arrêter avant qu'il ne continue à se développer.

- Qu'est-ce qu'on fait d'Odin ? demande Arès.

- Je crains bien que ce soit la fin des Nordiques, ajoute Artémis en pointant le loup du doigt.

Odin atterrit, les genoux au sol, il semble qu'il ait pris un mauvais coup pendant sa tentative d'emprisonnement de Fenrir, la créature lui saute directement dessus, le dieu est allongé au sol poussant un dernier souffle avant de s'éteindre.

Némésis nous rejoint, elle a l'air d'aller un peu mieux et ouvre une brèche, Poséidon, Hermès et Hypnos apparaissent, tous nos combattants sont réunis pour ce dernier combat qui nous oppose à l'une des créatures des plus dangereuses de nos deux mondes.

Fenrir nous regarde, je me sens comme paralysée, mes jambes ne veulent plus rien entendre, il se rue sur nous, tout le monde se jette en arrière sauf moi complètement tétanisée, je ferme les yeux, un impact s'entend devant moi ainsi que les cris d'Athéna et d'Eiri.

En ouvrant les yeux, Poséidon est allongé, recouvert de sang, Arès de sa force habituelle éjecte
Fenrir à plusieurs mètres, sa fille et Athéna foncent sur le dieu, je m'accroupis au sol, mes larmes commencent à couler :

- Poséidon … Pourquoi ?

- Tu m'as offert une seconde vie en sauvant ma fille, je me devais de sauver la tienne, ajoute doucement le dieu des mers.

- Papa … Je ne peux pas te perdre maintenant, nous avons encore tellement de choses à faire, pleure Eiri.

- Ma fille, tous ces gens autour de toi sont ta deuxième famille, ne l'oublie pas, tu pourras rire et faire beaucoup de choses quand le moment sera venu, déclare Poséidon.

- Mais je veux aussi que tu sois avec nous … pleure la jeune déesse.

- Je serai toujours là dans ton cœur, ne t'inquiète … pas.

- Némésis ! Il faut faire venir Hygie de toute urgence ! crie Athéna en se retournant.

La déesse tourne doucement la tête de gauche à droite, Poséidon nous a déjà quittés, je ne peux contenir mes larmes plus longtemps et je m'écrase en pleure sur son corps sans vie avec Eiri et Athéna.

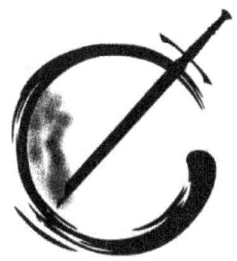

VINGT-NEUF
PLUSIEURS ENTERREMENTS

Artémis s'avance :

- Je sais ce que vous pouvez ressentir, mais le combat n'est pas encore terminé !

La fourrure de Fenrir s'hérisse, il hurle de nouveau, des poils se décrochent de sa peau et s'élèvent dans le ciel puis retombent droit sur nous, je créer un abri pour tout le monde, certains de ses projectiles perforent ma défense comme de simples aiguilles dans un tissu.

Arès se lance à l'attaque du loup lui donnant un coup d'épée, malheureusement sa peau est encore plus dur que de l'acier et sa lame rebondit à son contact, il lui décroche un mouvement de patte que le dieu arrive à bloquer. Hermès se jette à son secours, armé de ses superbes chaussures, il prend le dieu de la guerre par la taille et réussit à le ramener difficilement vers nous, le messager des dieux s'assoit au sol :

- Arès, faut que tu fasses un régime… Qu'est-ce que t'es lourd ! rigole Hermès.

- Ça s'appelle des muscles, tu sais ? Ce que tu n'auras jamais, rétorque le dieu.

- Ah oui … Ce n'est pas faux, mais je préfère privilégier ça, affirme le messager en se tapant le dessus de la tête.

Artémis soupire et lève la main au ciel, des ronces gigantesques lient les pattes de Fenrir, Athéna sèche ses larmes et se relève laissant Eiri avec son défunt père :

- Tu penses que tu peux le retenir combien de temps Artémis ?

- Pas beaucoup de temps, il est encore plus coriace que Typhon, répond la déesse.

- Nous devons tous attaquer en même temps, il faut nous en débarrasser le plus vite possible ! crie Athéna.

Au même moment, tout le monde se lance à l'assaut de la créature qui tombe au sol en essayant de se libérer, nos coups le touchent, mais aucuns n'arrivent à lui faire même une simple égratignure, le loup réussi à se libérer de son étreinte et hurle à la mort, faisant trembler tout autour de lui créant une immense bourrasque de sable et nous projetant au sol.
Soudain, une bulle l'emprisonne, le nuage de poussière disparait, Eiri se dévoile petit à petit, les larmes coulant encore sur ses joues.
Elle les sèche contre son bras d'un mouvement de tête :

- Tela, tu peux l'emprisonner ?

Je mets quelques secondes à réagir pour savoir ce qu'elle me demandait, je me concentre et forme une chaine d'une taille surdimensionnée. La prison d'eau se brise et j'arrive à enchainer Fenrir au sol, il se débat à l'aide de ses pattes, Hypnos s'approche doucement de sa tête, il tente désespérément de le mordre. Mais de nouvelles ronces lui clouent la gueule au sol, le dieu du sommeil regarde Artémis, lui sourit et touche le front du loup, ses yeux commencent à se fermer peu à peu. Athéna souffle :

- Et maintenant ? Comment allons-nous faire pour nous en débarrasser ?

- Fenrir est immortel, on ne peut rien faire, affirme Hadès en s'approchant de lui.

- Seul Gleipnir peut l'enchainer à nouveau, il n'y a aucun autre moyen, rétorque Arès.

- J'ai une autre solution, ajoute le dieu des enfers.

Il touche le sol, des mains sortent et attirent la créature dans la terre, Némésis se racle la gorge :

- Tu ne vas quand même pas l'enterrer Hadès, il est seulement endormi !

Hypnos qu'on n'entend quasiment jamais parler prend la parole :

- Maitre ! Vous n'allez quand même pas

faire ça !

- Oui Hypnos tu as tout compris, je vais l'enfermer avec moi dans le Tartare.

- Et les enfers ? Qui va s'en occuper ? demande le dieu.

- C'est pourtant évidant, ça sera toi, je voulais vous léguer les enfers depuis un bon moment, mais je ne savais pas qui choisir entre toi et ton frère, on peut dire que c'est une aubaine pour moi, je sais que tu seras un très bon dieu des enfers, je te fais mes adieux ... Et Tela ? Je suis désolé d'avoir été si odieux avec toi ... ajoute Hadès.

Le dieu accompagné de Fenrir s'enfonce peu à peu dans le Tartare jusqu'à disparaitre totalement.
Les nuages s'écartent soudainement laissant les premiers rayons de soleil que nous n'avons pas vu depuis des jours nous éclairer, les quelques Valkyries qui restent remontent toutes dans le ciel, tout le monde marche pour aller voir Poséidon, Eiri prend la main de son père :

- Papa, nous avons réussi, on a gagné.

Je pose ma main sur son épaule et m'excuse :

- Ce n'est pas ta faute Tela, ne t'inquiète pas, me répond la déesse.

- Nous devons l'enterrer Eiri, nous ne pouvons pas le laisser là, il faut lui faire un autel, ajoute Athéna.

- Je voudrais qu'il soit proche de la mer, je pense que c'est ce qu'il aurait voulu, dit Eiri.

Némésis ouvre un portail, Héphaïstos et Hygie nous rejoignent, les deux dieux poussent des cris de gloire et s'arrêtent immédiatement à la vue de Poséidon, Athéna sèche ses larmes qui ont recommencé à couler.
Arès sans lâcher un mot et le regard vide, prend le corps du dieu dans ses bras.

Le voyage vers la mer semble plutôt long, personne ne parle, nos deux farceurs du groupe, Arès et Hermès ne décrochent pas un mot non plus, j'avoue que moi non plus je n'avais pas la force de sourire dans un moment pareil.

Après quelques heures de trajet dans la forêt déboisée à cause des combats, le bruit des vagues se fait entendre, nous sommes enfin arrivés, Artémis lève le bras, le sable s'écarte créant un trou, Arès le pose délicatement, la déesse ouvre la main formant une magnifique couronne de fleurs qu'elle dépose sur Poséidon.

Les minutes passent, Eiri se met à genoux et frotte les cheveux de son père en pleurant, Athéna nous propose de les laisser seuls les deux.

Je vais me poser sur le sable un peu plus loin, je regarde la mer pour essayer de m'apaiser, Athéna me rejoint pour s'assoir à côté de moi sans rien dire, je plie les jambes et colle mes genoux à mon menton :

- Athéna, est-ce que tu es satisfaite de ce résultat ?

- De quoi parles-tu ?

- Est-ce que pour toi cette guerre est totalement gagnée ?

Les larmes me montent aux yeux.

- Tu sais Tela, je pense la même chose que toi malheureusement, je ressens plus un gout amer d'avoir perdu plusieurs amis, que l'envie de fêter notre victoire.

- Des milliers de personnes sont mortes durant ses derniers jours, je ne peux pas appeler ça une victoire.

- J'ai vécu de nombreuses guerres et les sacrifices sont habituels pendant ces périodes, mais je t'avoue que celle-ci était la plus difficile, des gens qui prenaient une place énorme dans mon cœur sont décédés devant mes yeux…

- Et du coup maintenant qu'allons-nous faire ?

- Il me reste une dernière chose à accomplir, dit-elle en levant les yeux.

- Tu parles de Zeus ?

- Oui …

- Tu veux vraiment aller l'affronter toute seule, c'est de la folie !

- Je ne veux plus voir personne mourir.

- Laisse-moi venir avec toi.

- Non, je ne peux pas, je m'en voudrais

toute ma vie s'il t'arrivait quelque chose.

- Et je m'en voudrais toute ma vie de ne pas t'avoir aidé.

- Tu sais pourquoi j'ai toujours été attachée à toi Tela ? Parce que tu me fais énormément penser à ma fille, toujours le sourire et surtout toujours le dernier mot. Tu peux venir avec moi et seulement toi, s'il nous arrive l'impensable, je veux savoir qu'Arès et les autres sont là pour protéger tout le monde.

TRENTE
RETOUR EN OLYMPE

Athéna se lève et fait signe à Némésis, elle s'approche de nous :

- Tu es prête Athéna ? demande la déesse.

- Tela vient avec moi, je te fais confiance, personne ne doit savoir où nous sommes, dit Athéna.

- Ne t'inquiète pas, ils sont tous occupés pour le moment, répond la femme.

Némésis nous sourit et nous tend deux fioles de Nectar, elle nous souhaite bonne chance et ouvre une brèche, nous entrons à l'intérieur.

Le décor me semble très familier, cette côte avec les deux statues dominant la mer, les vagues heurtant les dunes, les éclaboussures d'eau fraiche qui touche mon visage, c'est le passage de l'Olympe.

Dans mes souvenirs, nous devons toucher les effigies de Zeus pour pouvoir y accéder, cependant cette fois-ci ce n'est pas le cas, le vent se lève faisant voler nos cheveux, la mer commence déjà à se déchainer laissant les grands escaliers s'insérer entre les deux sculptures en déchirant les nuages, Athéna pose la main sur le pommeau de son épée :

- Il nous attend …

Je déglutis, c'est probablement notre dernier combat, que l'on gagne ou que l'on perde… Nous montons les marches.
En arrivant au-dessus, beaucoup de choses ont changé depuis notre dernière venue. Le temps est sombre, d'autres nuages gris surplombent l'Olympe, pas de musiciennes, pas d'enfants jouant dans

l'herbe, les fleurs sont piétinées, une ambiance de mort pèse sur ce lieu… Athéna pose sa main sur sa bouche, les yeux rouges :

- C'est impossible … Qu'est-ce qu'il s'est passé ?

 Nous avançons doucement en regardant chaque recoin du paysage désolé, seulement le palais de Zeus est resté intact, nous prenons les escaliers, le dieu est affalé sur son trône retenant sa tête :

- Alors Athéna ? Tu n'aimes pas cette nouvelle décoration ?

- Qu'est-ce que tu as fait ?!, crie la déesse.

- Je me suis occupé de toute la vermine qui polluait l'Olympe.

- La vermine tu dis ? Toutes ces personnes étaient là pour te servir, ils te vouaient une allégeance éternelle.

- Je n'ai besoin de personne pour entretenir mon royaume, mon seul but est d'être le dernier Olympien de ce monde et à première vue, avec la mort tragique de mon cher frère, je suis sur la bonne voie.

Athéna serre le poing et en une fraction de seconde, elle se retrouve devant Zeus lui adressant une droite qui l'éjecte de sa chaise.

La déesse se rapproche à nouveau de lui :

- Ton frère est mort en héros et on ne pourra pas en dire autant de toi quand tu ne seras plus de ce monde.

Le dieu se relève, essuie le sang de sa bouche et ricane :

- Parce que tu crois vraiment qu'une déesse et une femme qui ne vient même pas de ce monde à une chance contre le plus grand de tous les dieux.
Elle lui donne un coup de pied qui le fait traverser une colonne de son temple, allongé sur le sol, il rigole de nouveau, les yeux d'Athéna brulent d'une fureur démesurée :

- Arrête de te jouer de moi et bats-toi !

Le dieu sourit et s'échappe, je regarde autour de moi pour le retrouver, il réapparait derrière la déesse préparant son poing, je cris pour prévenir Athéna, elle esquive de justesse. Zeus se recule et écarte ses doigts, des arcs électriques se forment dans le creux de ses mains. Il les lance sur elle, je tends mon bras créant une barrière, son coup s'écrase sur ma défense.

Il fait apparaitre son éclair puis le jette dans ma direction, je l'évite facilement, mais tout à coup, le dieu se retrouve à quelques centimètres de moi… Il brandit son arme et m'attaque directement au visage, mes particules s'agitent et me protège d'un coup qui aurait pu m'être fatal. Je dégaine mon arme et forme mes ailes, j'aurai peut-être un peu plus de chance en l'attaquant par le dessus.

Je me lance à l'assaut, il pare immédiatement mon attaque, je ressens soudain une forte décharge électrique me parcourir tout le corps qui me fait m'écraser au sol. Athéna arrive à mon secours en créant une vague de lumière qui force Zeus à se téléporter une nouvelle fois :

- Tela, tu vas bien ?

- Ce n'est rien, ne t'inquiète pas.

Elle m'aide à me relever et me fait boire du Nectar, les décharges s'arrêtent immédiatement. Elle me sourit et se jette sur le dieu qui vient de réapparaitre, il se défend contre la rafale de coups d'Athéna, elle me rejoint ensuite, je me concentre et créer une nuée de particules qui s'abat sur Zeus, je réussis à le blesser légèrement au bras, la douleur ne semble pas l'affecter.

Il lève les mains en l'air puis frappe le sol, une onde électrique se propage autour de lui, nous arrivons à esquiver en formant mes plateformes. Je décide de m'attaquer à lui en laissant Athéna sauter sur mes particules pour le prendre par surprise.

Mes coups d'épée n'ont aucun effet, il arrive à les parer avec son éclair, soudain il attrape ma lame et la tire me faisant tomber en avant.

Il pointe de nouveau son poing au ciel, je peux voir la foudre enveloppée sa main, je n'ai pas le temps de me relever, je vais encaisser son coup de plein fouet.

Il se met en position pour me frapper, quand soudain Athéna surgit d'en haut, lui

coupant le bras droit, le dieu cri de douleur, mais il ne reste pas moins menaçant. Ses yeux commencent à briller d'une lueur bleue, un orage éclate sur l'Olympe, la foudre frappe le palais détruisant le toit, Athéna se jette sur moi pour m'éloigner de la chute de gravats.
Zeus sort des décombres à son tour, nous souriant et en fanfaronnant, une bourrasque balaye des morceaux du temple, soudain les jambes de Zeus se font recouvrir de nuages semblables à ceux qui se trouvent à l'instant même dans le ciel. Ses membres inférieurs ont totalement disparu, son corps lévite à un mètre du sol, il lève son dernier bras en tenant son éclair et se retrouve dorénavant au-dessus de nos têtes. La foudre continue de tomber autour de lui en couvrant de plus en plus un large périmètre jusqu'à s'approcher dangereusement de nous.
Nous courons à l'extérieur, je regarde Athéna :

- Qu'est-ce qu'on peut faire contre lui maintenant ?

- Continuer le combat en faisant attention à l'orage, on n'a pas vraiment d'autres choix …, me répond-t-elle.

Zeus sort du palais à son tour, la déesse essaye de l'attaquer en prenant soin d'éviter les éclairs, mais elle se fait repousser par une sorte de barrière avant de pouvoir le toucher. Le dieu s'envole et nous lance sa foudre à plusieurs reprises, je forme mes ailes pour arriver à son altitude, je tente de l'attaquer, mais ce barrage magique empêche mon coup.

Athéna se concentre et lance une colonne lumineuse gigantesque en direction de Zeus, il l'évite, je profite de son esquive pour lancer une attaque-surprise, mais il arrête ma lame grâce à son éclair. La protection du dieu ne semble pas faire effet à tous les coups, un faisceau lumineux au-dessus de ma tête m'alerte, je me décale quand soudain la foudre vient remplacer la lumière qui s'abat sur le sol de l'Olympe créant un cratère à l'impact.

Je reprends rapidement ma concentration

pour ne pas me faire surprendre et me relance à l'assaut, mais je me fais éjecter au sol par ce foutu bouclier invisible. Mes plateformes se recomposent pour aider Athéna à l'atteindre, tout en esquivant la foudre qui tombe autour de lui, elle arrive à son niveau et lui adresse une attaque avec son épée. Zeus l'esquive et lui donne un coup avec son éclair, elle tombe parterre et ne bouge plus.

Je cours vers elle pendant que le dieu redescend petit à petit :

- Je vous avais prévenu … Vous ne pouvez rien contre moi !

Je fouille la poche d'Athéna pour lui trouver la dernière fiole de Nectar que l'on dispose, elle semble avoir perdu connaissance… J'essaye tant bien que mal de lui faire avaler le breuvage, mais il n'a aucun effet, elle ne se réveille pas.

Mon cœur se sert, les larmes montent, je la secoue comme je peux, elle ne donne aucun signe de vie, les rires de Zeus retentissent dans mes oreilles, je n'y prête pas attention et essaye une énième fois de lui faire reprendre ses esprits, je crie son nom de toutes mes forces en lui disant de se réveiller, la colère contre le dieu m'envahit petit à petit.

Soudain, une explosion de particules se déclenche autour d'Athéna et moi en tourbillonnant. Zeus lance son éclair, mais il rebondit sur ma nuée, il tente une attaque directe, sans succès, il se fait taillader le poing ainsi que son bras.

Je touche le poignet de la déesse, je sens son pouls, je me relève, sèche mes larmes et lui promet que nous allons nous en sortir toutes les deux.

Mes ailes ont disparu, j'arrive tout de même à m'élever dans les airs ainsi que mon essaim noir qui s'agitent tout autour de moi. Des stalactites de Lith prennent vie au-dessus de Zeus, elles tombent les unes après les autres, poussant le dieu à les esquiver, je fonce sur lui pour lui donner le coup de grâce.

Il arrive à me repousser, jusqu'au moment où je l'atteins.

Et d'une fureur, mes particules s'agitent, créant un cyclone lacérant le dieu de haut en bas, il tombe au sol inanimé.

Je redescends sur la terre ferme, mon nuage disparait, je cours en direction d'Athéna en prononçant son nom, elle ouvre doucement les yeux, je me baisse :

- Nous avons réussi Athéna.

- Non… Tu as réussi, assis toi sur le trône de Zeus et tout rentrera dans l'ordre.

- Cette place ne m'est pas dédiée.

Je l'aide à se relever, je prends son bras pour l'aider à marcher jusqu'au palais.

TRENTE-ET-UN
TOUT RENTRE DANS L'ORDRE

En arrivant devant le trône, je laisse Athéna marcher toute seule, elle se retourne vers moi et m'adresse un sourire, elle s'assoit et prend une profonde inspiration.
Une vague de chaleur éclate, les nuages noirs au-dessus de l'Olympe se dissipent pour laisser le ciel bleu prendre leur place, le palais se reconstruit entièrement, je cours à l'extérieur du temple, le soleil rayonne, le corps de Zeus disparait peu à peu. L'herbe repousse, des fleurs bourgeonnent, certaines éclosent laissant sortir

des dames, des enfants, il n'y a plus aucune trace de combat en Olympe, des papillons effleurent ma peau, la musique des femmes et la voix des petits qui jouent me caressent les tympans.

Je scrute ce qui se passe en dessous de nous, les dégâts de la guerre s'évanouissent pour laisser place à des forêts, des collines et des champs, les maisons détruites se reconstruisent doucement. La déesse me rejoint pour contempler ce renouveau.

Une brèche s'ouvre, tous les dieux sortent les uns après les autres nous applaudissant en criant victoire, même Eiri est de la partie.

Arès me donne une tape amicale dans l'épaule :

- Vous auriez pu me prévenir quand même !

- Tu vois ça avec Athéna.

- Tout ce qui compte, c'est que vous soyez toutes les deux en vie, ajoute Artémis.

Nous contemplons tous ensemble pendant

de longues minutes cette nouvelle Olympe.

Le ventre d'Arès crie famine, tout le monde éclate de rire, tout est redevenu comme avant, Athéna nous invite à nous mettre à table.

Dans le temple, une table majestueuse est déjà dressée, avec une longue nappe blanche et un service de table en or.

Pendant le repas, nous énumérons les moments qui auraient pu nous faire rire si nous n'étions pas en guerre, comme la cascade d'Hermès contre Typhon qui aurait pu faire rire tout le monde dans un autre contexte.

La joie de vivre à repris le dessus sur tout le reste, Némésis et Athéna qui rigole entre elles, Arès qui tente de faire boire tout le monde en essayant d'amuser la galerie, Hermès qui se balance toujours sur sa chaise. Artémis et Eiri qui rigole à toutes les blagues de notre dieu de la guerre, Hygie et Héphaïstos qui discutent entre eux et le grand silence d'Hypnos.

Athéna tape dans son verre pour prendre

la parole :

- Je tenais à féliciter tout le monde pour ce combat durement mené, même si nous avons perdu beaucoup de monde durant ces derniers jours… Nous devons garder la tête haute et nous dire qu'ils ne sont pas morts en vain, ils nous ont offert une nouvelle vie et nous ne devons pas la gâcher avec des remords.

Après le repas qui a duré encore quelques heures, Arès ne tient quasiment plus debout. Athéna nous réunit tous pour discuter de la nouvelle génération d'Olympien, sans surprise… Eiri prend le titre de son père en tant que déesse des mers, ainsi qu'Hypnos qui récupère la place de son maitre pour régner sur les enfers.
Hygie garde la même fonction, mais devient à son tour une Olympienne, mais la plus grande surprise est pour moi, qui devient désormais la déesse de la mort à la place de Thanatos.

Plusieurs jours passent, la vie reprend son cours, il est beaucoup plus simple pour

moi d'endosser mon rôle qui est simplement de choisir entre le Tartare ou les enfers pour les défunts. Pendant mon temps libre je vais discuter avec les autres dieux qui se trouvent encore en Olympe pour rigoler de nos journées de boulot.
Mais aujourd'hui, je décide de descendre sur la terre ferme pour aller me recueillir sur l'autel de Poséidon.
Depuis notre combat contre Zeus, je ne suis pas descendue une seule fois, les escaliers sont désormais toujours ouverts pour laisser les gens pénétrés en Olympe comme bon leur semble. Les statues de l'ancien dieu sont remplacées par une d'Athéna et je découvre que la deuxième cst à mon effigie.

Après plusieurs minutes de marche, j'arrive enfin en face de la mer, Eiri se trouve déjà devant pour déposer des fleurs, je lui tape sur l'épaule :

- Ah, Tela, c'est toi, me dit-elle en se retournant.

- Tu es encore là ?

- Tous les jours, je dépose des fleurs, pour montrer à mon père que je ne l'oublierai jamais.

- Il serait fier de ce que tu es devenue.

- Oui, probablement, me répond Eiri un peu hésitante.

- C'est même sûr, ajoute une voix féminine derrière nous.

Nos têtes se tournent, Athéna et Arès se dressent juste devant nous, le sourire se dessine sur le visage d'Eiri et lève la tête en remerciant Poséidon de lui avoir trouvé des amis aussi dévoués.
De mon côté, je souffle un grand coup et je repense à toutes les aventures que j'ai vécues durant ses dernières semaines, mon ancien monde me parait tellement loin maintenant.
Athéna me tape sur l'épaule en pointant du doigt les vagues, une multitude d'animaux marins sautent en dehors de l'eau.
Je n'ai absolument aucun regret d'être venue jusqu'ici mais peut-être qu'un jour,

j'aurai envie de voir de nouveaux horizons… Mais cette fois-ci, accompagnée de mes amis.

Table des Matières

1. Dieu Merci **p.1**
2. Difficile de s'intégrer **p.9**
3. Ma journée épuisante **p.15**
4. Ma nouvelle institutrice **p.21**
5. Mon entrainement tourne au drame **p.27**
6. Tout me parait plus clair … ou pas **p.33**
7. Lith **p.47**
8. Convalescence **p.53**
9. Contrôle **p.61**
10. Anagénnisi **p.71**
11. Remise en question **p.81**
12. Un voyage plutôt calme **p.89**
13. Mauvaise hospitalité **p.101**
14. La visite de l'Atlanti… Des mers **p.111**
15. Un coup de chaud **p.121**
16. Rencontres et retrouvailles **p.129**
17. Réunion de crise **p.141**
18. Rassemblement des dieux **p.151**
19. Apparition, disparation … Destruction **p. 161**
20. Zone rouge … Tempête de neige **p.169**
21. Libérons le toutou **p.179**
22. De nouvelles armes **p.187**
23. Préparez les parapluies **p.195**
24. Quelques tensions **p.205**
25. Une nouvelle entité **p.213**
26. Vision de cauchemar **p.223**
27. Escalader un immeuble **p.231**
28. Le pouvoir de la nature et des enfers **p.237**
29. Plusieurs enterrements **p.245**
30. Retour en Olympe **p.255**
31. Tout rentre dans l'ordre **p.267**

Merci pour tout !

Je souhaite remercier Lena Moyne qui m'a motivé au quotidien pour finir l'écriture de ce livre ainsi que sa correction.

Et aussi à Maxime Tourbin, mon béta lecteur qui m'a suivi depuis mon premier chapitre en 2016 jusqu'au dernier, son aide pour mes recherches sur le thème de la mythologie que je ne maitrisais pas à 100% et ses retours au fur et à mesure de l'aventure de Tela m'ont énormément aidé !